오 헨리 단편선

오 헨리 단편선

오 헨리 | 이성호 옮김

문예출판사

The Last Leaf and Other Stories

O. Henry

차례

크리스마스 선물 • 7
마지막 잎새 • 16
백작과 결혼식 손님 • 27
손질된 등불 • 38
봄날에 생긴 일 • 57
20년 후 • 67
개심 • 73
경찰관과 찬송가 • 86
가구가 딸린 셋방 • 97
구두쇠 애인 • 107
카페 속의 세계주의자 • 118
물레방아가 있는 교회 • 127
추수감사절의 두 신사 • 146
비법의 술 • 155
도시물을 먹은 사람 • 165
구두 • 173
뉴욕 사람의 탄생 • 200

작품 해설 • 209
오 헨리 연보 • 212

- 본문의 주는 모두 옮긴이 주다.

크리스마스 선물

1달러 87센트. 그것이 전부였다. 심지어 그중에 60센트는 1센트짜리 동화였다. 이 돈은 잡화상이나 채소 장수나 푸줏간 주인에게 떼를 써서 한두 푼씩 모은 것이었다. 이렇게 에누리를 하다 보면 지나치게 무례한 짓을 하는 것 같아 얼굴이 붉어지기 일쑤였다. 델라는 이 돈을 세 번이나 세어보았다. 세어보고 또 세어보아도 1달러 87센트였다. 다음날이 크리스마스였다.

사실 초라한 침대에 엎드려 엉엉 우는 수밖에 다른 도리가 없었다. 델라는 그렇게 실컷 울었다. 울고 보니, 인생이란 눈물과 웃음으로 이루어져 있는데 그마저도 눈물이 대부분을 차지한다는 생각이 떠올랐다.

이 집 안주인이 울음을 터뜨린 단계에서 다음 단계로 서서히 넘어가는 동안, 우리는 집 안 구경을 하기로 하자. 가구가 딸린 이 아파트의 방세는 일주일에 8달러로, 아주 형편없는 것은 아니지만 부랑자 단속반이 들이닥치지 않도록 주의를 해야 할 만한 집이었다.

아래층 현관에는 한 번도 사용한 적이 없는 편지함이 있고, 또 눌러도 소리가 나지 않는 초인종이 있었다. 그리고 거기에는 '제임스 딜링함 영'이라고 쓰인 문패가 붙어 있었다.

이 '딜링함'이라는 이름은 그 주인이 주당 30달러씩 받던 호경기에는 미풍에 휘날리기도 했지만, 이제 수입이 20달러로 줄어들자 바래서 겸손하고 다소곳한 글자로 줄어들려는 듯 보였다. 그러나 제임스 딜링함 영 씨가 귀가하여 2층 방에 도착하면, 이미 델라라고 소개한 제임스 딜링함 영 부인이 '짐'이라고 다정하게 부르며 힘껏 포옹해주었다. 이것은 정말로 흐뭇한 일이다.

델라는 울음을 그치고 분첩으로 뺨에 분을 바르기 시작했다. 그러고 나서 창가에 서서 회색 고양이가 회색 뒷마당의 회색 담장 위를 걸어가는 것을 멍하니 내다보았다. 내일이 크리스마스인데, 그녀가 짐에게 크리스마스 선물을 사줄 돈이라곤 1달러 87센트밖에 없었다. 그것도 여러 달 동안 푼돈을 모아서 이 정도가 된 거였다. 일주일에 20달러로는 어쩔 수가 없었다. 지출은 항상 예상을 초과했다. 사랑하는 남편 짐에게 선물을 사줄 돈이라고는 1달러 87센트뿐이었다. 그녀는 남편에게 어떤 선물을 사줄까 하고 이리저리 생각하며 여러 시간을 즐겁게 보냈다. 훌륭하고 귀한 선물, 짐이 조금이라도 자랑스러워할 만한 선물을 하려고 궁리했다.

방 안에는 창문과 창문 사이에 벽거울이 걸려 있었다. 싸구려 셋방에서나 간혹 볼 수 있는 거울로, 가냘프고 민첩한 사람이나 세로로 기다랗게 비치는 자신의 모습을 언뜻 볼 수 있었다. 물론 델라는 날씬했기 때문에 그 기술을 습득할 수 있었다.

그녀는 갑자기 창가를 떠나 거울 앞에 섰다. 그녀의 두 눈망울은 영롱하게 반짝이고 있었지만, 얼굴은 곧 핏기를 잃었다. 그녀는 재빨리 머리칼을 풀어 길게 늘어뜨렸다.

제임스 딜링함 영 부부에게는 커다란 자랑거리가 두 가지 있었다. 하나는 할아버지 대부터 전해 내려온 짐의 금시계였고, 다른 하나는 델라의 긴 머리칼이었다. 만일 시바의 여왕이 통풍칸 건너에 있는 옆집 아파트에 살았더라면, 델라는 머리칼을 말리는 척하고 창밖으로 머리칼을 늘어뜨려, 여왕의 금은 보석이 그 빛을 잃게 했을 것이다. 그리고 만일 솔로몬 왕이 이 집 관리인이 되어 지하실에 온갖 보물을 쌓아놓고 살았더라면, 짐은 지날 때마다 시계를 꺼내어 샘이 난 왕이 자기 수염을 연방 쓸어내리게 만들었을 것이다.

그렇게 아름다운 델라의 머리칼은 마치 갈색 폭포처럼 잔물결을 지으며 윤기 있게 늘어져 있었다. 잠시 후에 그녀는 신경질적으로 재빨리 머리칼을 감아올렸다. 그때 그녀는 순간적으로 비틀거리다가 곧 중심을 잡았다. 눈물이 낡은 빨간색 양탄자 위로 떨어졌다.

델라는 낡은 갈색 재킷에 모자를 쓰고, 눈에는 아직도 눈물이 맺힌 채 거리로 나섰다.

그녀는 '소프로니 마담 상점, 각종 모발품 취급'이라고 쓰인 간판 앞에서 걸음을 멈췄다. 델라는 단숨에 계단을 뛰어 오르고 나서, 숨을 헐떡이며 마음을 가라앉혔다. 체격이 크고 피부가 하얀 마담은 소프로니라는 이름에 어울리지 않게 쌀쌀해 보였다.

"제 머리칼을 사시겠어요?"

"글쎄요."

마담이 대답했다.

"모자를 벗으세요. 우선 한번 봅시다."

갈색 머리가 마치 폭포처럼 물결치며 늘어졌다.

"20달러 드리지요."

마담은 익숙한 솜씨로 머리채를 들어올리며 말했다.

"빨리 잘라주세요."

델라가 동의했다.

놀랍게도, 그 후 시간은 장밋빛 날개를 단 듯 흘러갔다. 이것 참, 어울리지 않는 비유는 그만두기로 하자. 그녀는 짐에게 줄 선물을 찾아 가게란 가게를 온통 뒤지며 다녔다.

그러다 드디어 찾아내고야 말았다. 그것은 그 누구도 아닌 바로 짐을 위해 만들어놓은 듯했다. 그녀는 여러 가게를 구석구석 다 찾아보았지만 어떤 가게에도 이런 것은 없었다.

그 물건은 디자인이 간결하면서도 우아한 백금 시곗줄로서 보통 좋다는 물건처럼 비속한 장식이 달려 있는 게 아니라 물건 자체가 훌륭한 것이었다. 짐의 시계와 어울려야만 진정한 가치가 나타날 만한 것이었다. 그녀는 그 시곗줄을 보자마자 짐이 가져야 빛이 날 것이라고 생각했다. 시곗줄은 남편을 닮은 듯했다. 과묵하고 귀중한. 이 말은 시곗줄과 짐, 둘 모두에게 걸맞은 표현이었다. 그녀는 21달러를 지불하고 나머지 87센트를 들고 서둘러 집으로 돌아왔다. 이 시곗줄을 시계에 달면, 짐은 어떤 모임에서든 마음 편하게 시계를 꺼내 볼 수 있을 것이다. 시계는 훌륭했지만 시곗줄이 없어서 낡은 가죽끈을 달았기 때문에 그는 남몰래 시계를 꺼내 보곤 했다.

델라는 집에 돌아오자 황홀했던 흥분이 다소 가라앉았고 신중하고 침착해졌다. 그녀는 헤어 아이론을 꺼내어 끝없는 애정과 넓은 마음으로 보기 흉하게 깎은 짧은 머리를 손질하기 시작했다. 이런 일은 누구나 알다시피 성가시고 힘든 일이다. 40분도 못 돼서 그녀의 머리는 짧은 곱슬머리가 됐다. 그 머리 모양은 그녀를 개구쟁이 어린 학생처럼 보이게 만들었다. 그녀는 거울에 비친 자신의 모습을 오랫동안 조심스럽게 이모저모 따지며 들여다보았다.

"만일 짐이 나를 용서하고 다시 봐준다면……."

그녀는 혼자 중얼거렸다.

"그이는 내가 코니아일랜드 합창단 단원 같다고 할 거야. 하지만 난들 어쩌란 말야. 오오, 1달러 87센트로는 별수 없잖아!"

7시가 되자, 그녀는 커피를 끓이고 나서 난로 위에 프라이팬을 얹고 고기를 요리할 준비를 하기 시작했다.

짐은 늦게 오는 일이 없었다. 델라는 시곗줄을 손에 꼭 쥐고 남편이 들어오는 문 가까이에 있는 식탁 모퉁이에 앉았다. 바로 그때, 아래층 계단에서 남편이 올라오는 소리가 들렸고 그녀는 순간적으로 얼굴이 창백해졌다. 그녀는 일상 생활의 사소한 일에 대해서도 마음속으로 기도를 하는 습관이 있었다. 지금도 그녀는 '하느님, 제발 남편이 저를 여전히 예쁘다고 생각하게 해주세요.' 하고 기도하고 있었다.

문이 열리고 짐이 들어왔다. 그는 여윈 얼굴에 몹시 진지한 인상이었다. 가련해 보이는 그는 스물두 살밖에 안 된 나이에 집안을 꾸려나가야 하는 힘든 짐을 지고 있지 않은가! 그는 새 외투를 사야 했지만 장갑도 없었다.

짐은 문 안에 들어서자 마치 메추라기 냄새를 맡은 사냥개처럼 꼼짝도 하지 않고 서 있었다. 그는 델라를 뚫어지게 쳐다보고 있었다. 그의 눈에는 그녀가 읽을 수 없는 감정이 떠올랐다. 두려웠다. 분노도 아니고, 경악도 아니고, 실망도 공포도 아니었다. 그녀가 예기했던 일말의 감상이 아니었다. 그는 도무지 헤아릴 수 없는 표정으로 그녀를 응시할 뿐이었다.

델라는 머뭇거리며 식탁에서 일어나 그에게로 갔다.

"여보, 짐."

그녀는 울기 시작했다.

"그런 눈으로 나를 쳐다보지 마세요. 당신에게 선물도 하지 않고 크리스마스를 보낼 수가 없어서 머리칼을 잘라 팔았어요. 머리칼은 또 자랄 테니 걱정하지 마세요. 괜찮죠? 그럴 수밖에 없었어요. 내 머리칼은 참 빨리 자라요. 여보, '메리 크리스마스'라고 말해줘요. 그리고 우리 즐겁게 지내요. 당신은 모르죠. 내가 당신에게 얼마나 잘 어울리는 예쁜 선물을 샀는지."

"머리를 잘랐다고?"

짐은 아무리 고심해도 이 엄연한 사실이 이해되지 않는다는 듯 힘들여 물었다.

"네, 잘라 팔았어요. 그래도 전처럼 사랑해줄 거죠? 머리칼이 없어도 나는 나잖아요. 그렇지 않아요?"

짐은 신기하다는 듯이 방을 둘러보았다.

"머리칼이 없어졌단 말이지?"

그는 거의 바보처럼 말했다.

"찾아봐도 소용없다니까요."

델라가 말했다.

"팔아버렸어요. 팔아서 없어졌다니까요. 여보, 오늘은 크리스마스 이브예요. 화내지 마세요. 그 머리칼은 당신을 위해서 판 것이니까요."

그녀는 갑자기 아주 달콤한 목소리로 말했다.

"당신에 대한 제 사랑은 그 누구도 헤아릴 수 없어요. 여보, 고기를 준비할까요?"

짐은 느닷없이 혼수 상태에서 깨어나는 것 같아 보였다. 그는 아내를 껴안았다.

잠시 이 이야기에서 벗어나 생각해보자. 일주일에 8달러나 1년에 백만 달러나 다를 것이 무엇인가? 수학자나 현자는 옳지 못한 답을 할지 모른다. 동방박사들이 가져온 귀중한 선물 안에도 이에 대한 해답은 없었다. 이 불가사의한 해답은 나중에 밝혀질 것이다.

짐은 외투 주머니에서 선물 포장이 된 작은 상자를 꺼내서 식탁 위에 놓았다.

"절대로 오해는 하지 말아요. 당신이 머리칼을 자르든 자르지 않든 당신에 대한 나의 사랑에는 조금도 변함이 없소. 그러나 저 상자를 풀어보면, 왜 내가 잠시 동안이나마 멍하게 있었는지 알게 될 거요."

그녀는 새하얀 손으로 민첩하게 리본을 풀고 종이를 폈다. 그러자 황홀한 환성이 터졌다. 그러나 아아! 그녀의 마음은 재빨리 변하여 히스테리컬한 울음으로 바뀌었다. 그리하여 이번엔 이 아파트의 바깥주인이 온 힘을 다해 안주인을 위로할 수밖에 없었다.

눈앞에는 머리핀이 놓여 있었다. 옆머리와 뒷머리에 꽂는 한 세트의 핀이었다. 델라가 브로드웨이에 있는 한 상점의 진열장에서 보고 오래전부터 갖고 싶어 했던 핀, 가장자리에는 보석이 박혀 있고 진짜 가죽으로 만든 아름다운 핀, 잘라버린 그 고운 머리칼에 꽂으면 잘 어울릴 빛깔의 핀이었다. 값이 엄청나게 비싸서 감히 가질 생각도 못하고 그저 안타깝게 선망해오던 핀이었다. 이 핀이 그녀의 소유물이 되었지만, 정작 그렇게 탐내던 장식물을 더욱 빛나게 할 머리칼은 없어졌다.

델라는 그 핀을 품속에 꼭 껴안고 눈물이 고인 눈을 들어 미소를 지으며 말했다.

"여보, 제 머리칼은 아주 빨리 자라요."

그리고 나서 델라는 꼬리에 불이 붙은 새끼 고양이처럼 벌떡 일어나 "아아!" 하고 소리쳤다.

짐은 아직도 그의 아름다운 선물을 보지 못했다. 그녀는 손바닥 위에 시곗줄을 올려놓고 그에게 내밀었다. 귀중한 금속 시곗줄은 그녀의 밝고 열렬한 마음의 빛을 받아 한층 더 반짝이는 것 같았다.

"여보, 참 멋있지요. 온 시내를 뒤져서 찾아낸 거예요. 이제는 하루에 백 번이라도 시계를 볼 수 있을 거예요. 당신 시계를 이리 주세요. 줄과 시계가 얼마나 잘 어울리는지 봐야겠어요."

짐은 아내가 시키는 대로 하지 않고 긴 의자에 기대 누워 미소를 지었다.

"여보."

그가 말했다.

"크리스마스 선물은 당분간 치워둡시다. 지금 바로 사용하기에는 너무 훌륭한 것 같아. 당신의 머리핀 살 돈을 마련하느라고 시계를 팔아버렸소. 자, 고기나 준비해요."

주지하다시피 동방박사들은 말 구유에서 태어난 아기 예수에게 선물을 가져온 현인들이었다. 그들이 크리스마스 선물을 하는 풍속을 만들었다. 그들은 현명한 사람들이었기 때문에 틀림없이 선물도 재치 있었을 테고, 같은 것일 경우 바꿀 수 있는 특전을 갖고 있었을 것이다. 어쨌든 나는 여기에, 서로를 위해 가보(家寶)를 어리석게 희생시킨 셋방 아파트에 사는 젊은 부부의 딱한 이야기를 어설프게 늘어놓았다. 현대의 총명한 사람들에게 끝으로 하고 싶은 말은 선물을 주고받는 사람들 가운데 이 젊은 부부가 가장 현명한 사람들이라는 것이다. 선물을 교환하는 사람 중에서 이들이 가장 현명한 사람들이다. 온 세상에서 그들이 제일 현명하다. 그들이 바로 동방박사다.

마지막 잎새

워싱턴 광장 서쪽의 한 작은 구역은 길들이 질서 없이 뻗다가 몇 개의 길고 작은 마을로 갈라져 들어갔다. 이 마을에는 복잡한 갈림길이 많았다. 어떤 길은 그 길 자체가 한 번이나 두 번씩 교차되기도 했다. 옛날 한 예술가가 이 마을의 훌륭한 가치를 발견했다. 만약 수금원이 그림 물감과 종이와 캔버스 값 청구서를 들고 와도 헤매기만 하다가 돈 한 푼 받지 못하고 돌아나올 수밖에 없다는 것을 말이다.

그래서 미술가들은 방값이 싸면서도 창이 북쪽으로 나 있고, 18세기 박공과 네덜란드식 다락방과 아치가 있는 집을 찾아 그리니치 빌리지로 몰려들었다. 그들은 그런 집을 마련하고 나서 그릇과 스토브를 6번가에서 사들였다. 이렇게 해서 '화가촌'이 생기게 된 것이다.

수와 존시는 납작한 3층 벽돌집 맨 위층에 공동 화실을 갖고 있었다. 존시라는 이름은 조안나의 애칭이었다. 수는 메인주, 존시는 캘리포니아주 출신이었다. 두 사람은 델모니코라는 레스토랑에서 처음 만나 미술과 치커리 샐러드, 작업복 소매에 대해 같은 취미를 갖고 있다는 것을 알고 공동 화실을 갖기로 했다.

5월의 일이었다. 11월이 되자 눈에 보이지 않는 냉정하고 낯선 불청객이 화가촌에 찾아들어, 얼음같이 차가운 손가락으로 여기저기서 사람들을 괴롭혔다. 의사들이 폐렴이라고 부르는 병이었다. 동부 지역에서는 이 악한이 오만스럽게 창궐하여 많은 사람들을 희생시켰지만, 이 마을의 이끼 낀 좁은 골목에 와서는 한풀 꺾였다.

'폐렴'이라는 나그네는 기사도 정신이 있는 신사가 아니었다. 캘리포니아의 미풍을 받으며 자란 가냘픈 여자는 피투성이 주먹을 가진 숨결 급한 이 늙은 악한과 맞설 만큼 강하지 못했기 때문에 이 악한이 존시를 덮쳐버렸다. 존시는 네덜란드식 작은 창문을 통해 밋밋한 옆집 벽돌담을 바라보며 페인트 칠을 한 침대에 꼼짝도 못하고 누워 있게 되었다.

어느 날 아침, 병을 치료하느라고 분주한 의사가 숱이 많고 하얗게 센 한쪽 눈썹을 치켜올려 수를 복도로 불러냈다.

"친구 되는 저 아가씨 말이오, 십중팔구 살기 힘들겠소."

의사는 체온계의 수은을 털어내리며 말했다.

"살겠다는 의지만 갖는다면 약간의 희망이 있지만, 지금처럼 장의사를 기다리는 마음으로는 아무리 좋은 처방도 효력이 없지. 병이 낫지 않을 거라고 아예 체념하고 있는 것 같은데, 어디 집착하는 것이라도 있나?"

"그 애는 나폴리만을 그려보고 싶어 했어요."

수가 대답했다.

"그림? 그림 가지고는 안 되지! 마음속으로 간절히 원하는 것이 있어야 해. 혹시 애인은 있나?"

"애인요?"

수는 콧소리가 섞인 목소리로 말했다.

"남자가 그렇게도 중요한가요? 그런 것 없어요, 선생님. 애인 같은 것은 없어요."

"그렇다면 낭패인데."

의사가 말을 받았다.

"하여튼 내 힘이 닿는 데까지 모든 의술을 다 써보지. 하지만 환자가 장례식 행렬의 마차 수나 세고 있으면, 약의 효과는 반감할 수밖에 없어. 만일 아가씨가 환자를 잘 설득해서 올겨울엔 어떤 외투 소매가 유행하느냐고 묻도록 만든다면, 환자가 살아날 가망성은 10분의 1에서 5분의 1로 늘어날 거요."

의사가 돌아간 후에, 수는 작업장으로 들어가 냅킨이 흠뻑 젖도록 울었다. 그런 다음 경쾌하게 휘파람을 불면서 화판을 들고 존시의 방으로 허풍을 떨며 들어갔다.

존시는 이불을 덮고, 얼굴을 창문 쪽으로 향한 채 침대에 누워 있었다. 수는 존시가 잠이 든 줄 알고 휘파람을 그쳤다.

그녀는 화판을 세우고 잡지 삽화로 쓸 펜화를 그리기 시작했다. 젊은 미술가들은 젊은 작가 지망생이 소설가가 되기 위해 투고하는 잡지 소설의 삽화를 그리면서 예술로 향하는 길을 다져나가야 했다. 수가 소설의 주인공인 아이다호 카우보이의 멋진 승마복과 외알 안경을 그리고 있을 때, 낮은 목소리가 여러 번 들렸다. 수는 급히 침대로 달려갔다.

존시는 눈을 크게 뜨고 창문 밖을 내다보면서 무엇인가를 세고 있었다. 그것도 거꾸로 세고 있었다.

"열둘" 조금 있더니 "열하나" 그리고 나서 "열" 그리고 "아홉" 그리고 "여덟" "일곱"을 거의 동시에 셌다.

수는 걱정스럽게 창 밖을 내다보았다. 도대체 셀 만한 것이 있나? 눈에 띄는 것이라곤 삭막하고 텅 빈 뜰과 20피트쯤 떨어져 있는 옆집의 벽돌담뿐이었다. 그리고 뿌리는 썩고 마디투성이인 늙은 담쟁이덩굴이 벽돌담 중간쯤까지 기어 올라가 있었다. 가을 바람에 잎이 거의 다 떨어진 담쟁이덩굴은 앙상한 줄기만이 부서져가는 벽돌담에 붙어 있었다.

"존시, 뭘 세는 거니?"

수가 물었다.

"여섯."

존시는 속삭이듯 작은 소리로 말했다.

"자꾸만 더 빨리 떨어지는구나. 사흘 전만 해도 백 개가량 되어서 세려면 머리가 아팠는데, 이제는 쉬워졌어. 또 하나 떨어지는구나. 다섯 개밖에 안 남았네."

"다섯 개라니, 뭘 가지고 그래, 응? 제발 말 좀 해봐."

"담쟁이덩굴에 달린 잎새 말야. 저 마지막 잎새가 떨어지면 나도 죽을 거야. 벌써 사흘 전부터 그것을 알고 있었는데, 의사 선생님이

너에게 아무 말도 안 하셨니?"

"아니, 그런 바보 같은 소리는 들어보지도 못했다."

수는 전혀 있을 수 없는 일이라는 듯 투덜댔다.

"늙어빠진 담쟁이 잎새하고 네가 회복하는 것하고 무슨 상관이 있니? 그리고 너는 저 담쟁이덩굴을 좋아했잖아. 그러니 이 말괄량이야, 바보 같은 생각은 아예 하지 마. 의사 선생님이, 네가 회복할 수 있는 가망은, 가만 있자 그분의 말씀을 그대로 빌리면, 열 중에 아홉이래. 나머지 하나의 위험 확률은 우리가 뉴욕에서 전차를 탄다든가, 새로 지은 건물 밑을 지날 때에도 항상 있는 거야. 자, 수프라도 좀 마셔. 나는 그림을 그릴게. 출판사 사람에게 그림을 넘겨야 네가 마실 포도주와 식욕이 왕성한 내가 먹을 돼지고기를 살 수 있으니까."

"포도주는 더 살 필요 없어."

존시는 창밖을 계속 응시하면서 말했다.

"잎새가 또 하나 떨어지는구나. 수프도 먹고 싶지 않아. 꼭 네 잎이 남았네. 어둠이 깃들기 전에 마지막 잎이 떨어지는 것을 보고 싶어. 그러면 나도 죽게 될 거야."

"존시."

수는 존시 위로 몸을 굽히며 말했다.

"내가 그림을 다 그릴 때까지 눈을 감고 창밖을 내다보지 않겠다고 약속해줄래? 커튼을 내리고 싶지만 그림을 그리려면 밝아야 하니까 그럴 수 없어. 내일까지 이 그림을 완성해서 갖다줘야 하거든."

"다른 방에서 그릴 순 없니?"

존시가 냉정하게 물었다.

"나는 네 곁에 있고 싶어. 게다가 네가 저 거지 같은 담쟁이덩굴 잎새를 계속 바라보고 있는 게 싫어."

"그림을 다 그리면, 바로 알려줘."

존시는 눈을 감고, 쓰러진 동상처럼 창백한 얼굴로 꼼짝도 않고 누운 채 말했다.

"마지막 잎새가 떨어지는 것이 보고 싶어서 그래. 이제는 기다리기도 생각하기도 지쳤어. 모든 것에서 해방되어서 저 가련하고 피폐한 잎새들처럼 밑으로 밑으로 떨어져 세상과 이별하고 싶을 뿐이야."

"잠을 좀 자도록 해. 나는 버만 할아버지께 늙은 시골 광부 모델이 되어달라고 부탁 좀 해봐야겠어. 곧 돌아올 테니, 올 때까지 꼼짝 말고 누워 있어."

버만은 그들이 살고 있는 건물 맨 아래층에 사는 화가였다. 그는 예순이 넘은 노인으로, 도깨비 같은 체구에 반인반양(半人半羊) 같은 머리칼과 미켈란젤로가 그린 모세 같은 구불거리는 수염을 늘어뜨리고 있었다. 그는 화가로서는 실패한 사람이었다. 49년 동안이나 화필을 휘둘렀으나 쓸 만한 작품이라고는 하나도 그리지 못했다. 항상 걸작을 그리겠다고 벼르기만 했지, 아직까지 시작도 해보지 못했다. 몇 년 동안 고작 상업용으로나 쓰일 싸구려 그림을 가끔 그렸을 뿐이었다. 그는 경제적인 이유로 직업 모델을 쓰지 못하는 이 화가촌의 젊은 화가들에게 모델이 되어주고 조금씩 돈을 벌었다. 그는 아직도 술을 과하게 마시면, 걸작을 그려내겠다고 떠들어

댔다. 체구는 작지만 성질이 과격한 그는 마음이 연약한 사람을 지독하게 비웃었다. 그리고 자기 방 위에 사는 이 두 젊은 화가를 보호하기 위해 대기 중인 맹견이라 자처했다. 버만은 어둠침침한 자기 방에서 강한 물감 냄새를 풍기고 있었다. 방 한쪽 구석에는, 25년 동안 걸작의 첫 화필을 고대해온 하얀 캔버스가 이젤에 걸려 있었다. 수는 버만에게 존시의 기괴한 망상에 대하여 얘기하면서, 나무 잎새처럼 가냘프고 연약해서 한 가닥 집념이 되고 있는 잎새가 떨어지면, 존시도 같이 이 세상을 떠나버릴지도 모른다고 말했다.

버만은 충혈된 눈으로 그것은 바보 같은 생각이라며 경멸과 조소를 퍼부었다.

"어쨌다구!"

그가 소리쳤다.

"빌어먹을 담쟁이 잎새가 떨어진다고 따라 죽는 바보가 세상에 어디 있단 말이야? 안 할래. 수 같은 바보 천치의 모델 노릇은 하지 않겠어. 어떻게 그런 멍청한 생각이 존시의 머릿속에 들도록 만든 게야? 아, 가련한 존시."

"그 애는 병이 깊고 허약해요."

수가 말했다.

"게다가 열이 있어서 병적인 괴상한 상상에 빠져버린 거예요. 좋아요, 버만 할아버지. 하고 싶지 않으시면 그만두세요. 할아버진 정말 너무하세요."

"수도 여자는 여자로군."

버만 노인이 소리쳤다.

"누가 모델을 서지 않겠다고 했나? 가자고. 같이 가. 반 시간 동안은 거뜬히 포즈를 취할 수 있다고 말하려고 했어. 제기랄! 여기는 존시같이 착한 아가씨가 앓아 누울 곳이 못 되는데. 하여튼 내가 걸작을 그리는 날, 우리 같이 여기를 떠나자고."

그들이 위층으로 올라왔을 때, 존시는 잠들어 있었다. 수는 커튼을 창문턱까지 내리고 나서 몸짓으로 버만 노인을 불러 다른 방으로 데리고 갔다. 그 방에서 두 사람은 두려운 얼굴로 창문 밖 담쟁이덩굴을 내다보았다. 그러고 나서 그들은 잠시 말없이 마주 보았다. 눈발이 섞인 찬 비가 계속 내리고 있었다. 버만 노인은 낡은 청색 셔츠를 입고 바위 대신 주전자를 엎어놓고 앉아 시골 광부의 포즈를 잡았다.

다음날 아침 수가 한 시간쯤 잠을 자고 깨어보니, 존시는 눈을 크게 뜨고 내려진 녹색 커튼을 응시하고 있었다.

"커튼을 올려줘, 밖을 내다보고 싶어."

그녀가 속삭이듯이 작은 소리로 말했다. 수는 할 수 없이 시키는 대로 했다.

아, 놀랍게도! 밤새도록 비바람이 휘몰아친 후인데도 잎새 하나가 벽돌담에 그대로 매달려 있지 않은가. 담쟁이덩굴의 마지막 잎새였다. 덩굴 줄기 쪽엔 아직도 짙은 녹색빛이 완연하나, 톱니 모양의 가장자리는 시들고 말라서 노랗게 변색한 잎새가 땅에서 6미터쯤 위에 뻗은 가지에 단단히 매달려 있었다.

"마지막 잎새가 남아 있네."

존시가 말했다.

"간밤에 틀림없이 떨어졌을 거라고 생각했는데. 바람 소리가 심했거든. 오늘은 저 잎도 떨어져버릴 거야. 그러면 나도 죽게 될 테고."

"존시!"

수는 녹초가 된 얼굴을 베개 쪽으로 돌리며 말했다.

"너 자신에 대해서 생각하기 싫으면 내 입장이라도 좀 생각해주렴. 나는 어쩌란 말이니?"

그러나 존시는 대답하지 않았다.

사람이란 신비롭고 먼 죽음으로의 여행길을 떠날 채비를 하고 있을 때 가장 외로운 것이다. 친구들이나 이 세상 모든 것과 맺었던 유대가 하나하나 단절되어가자, 죽음에 대한 생각이 그녀를 점점 더 강렬하게 엄습하는 듯이 보였다. 그럭저럭 한낮이 지나 황혼이 깃들었을 때도 마지막 잎새는 담에 붙어 있는 덩굴 줄기에 외롭게 매달려 있었다. 어둠이 깃들자, 북풍은 다시 세차게 불기 시작했고, 비는 여전히 창문을 때리며 낮은 네덜란드식 처마 끝을 흘러내렸다.

날이 밝자, 존시는 커튼을 걷어올리라고 냉혹하게 말했다.

덩굴 잎새는 여전히 남아 있었다.

존시는 그 잎새를 바라보며 오랫동안 누워 있다가 가스 스토브에 올려놓은 닭고기 수프를 휘젓고 있던 수를 불렀다.

"수, 내가 나빴어. 내가 얼마나 나쁜 사람이었나를 보여주려고 어떤 강력한 힘이 마지막 잎새가 떨어지지 않도록 했나 봐. 죽고 싶어 한다는 것은 일종의 죄악이야. 고기 수프하고 포도주를 탄 우유를 좀 갖다줘. 아니, 손거울부터 갖다줄래? 그리고 베개 몇 개를 받쳐

줘. 일어나 앉아 네가 요리하는 것을 볼래."

한 시간쯤 후에 그녀는 이렇게 말했다.

"수, 언젠가는 꼭 나폴리만을 그리고 싶어."

오후에 의사가 왔다. 수는 그가 떠날 때, 볼일이 있는 것처럼 복도로 따라 나갔다.

"이제 살 수 있는 가망은 반반이오."

의사는 수의 여윈 손을 잡아 흔들며 말했다.

"당신이 간호를 잘해서 목숨을 건질 수 있게 되었소. 자, 나는 아래층에 또 다른 환자가 있어서 내려가봐야겠소. 이름이 버만이라고 하던가. 그도 화가지. 폐렴인데 나이도 많고 쇠약해서 회복할 가망이 없소. 하지만 좀 편안하게 해주고 싶어서 오늘 입원시킬 생각이오."

다음날 의사는 수에게 말했다.

"친구는 이제 위기를 넘겼소. 남은 일은 영양 섭취를 잘하고 간호를 잘 받는 것뿐이오."

그날 오후, 수는 존시가 누운 채 별로 쓸모없는 파란 양모 목도리를 즐겁게 짜고 있는 침대로 다가가서 베개째 꽉 껴안았다.

"존시, 너에게 알려줄 얘기가 있어."

수가 말했다.

"버만 할아버지가 오늘 아침에 병원에서 폐렴으로 세상을 떠나셨어. 할아버지는 이틀밖에 앓지 않았어. 병이 난 첫날 아침에, 이 건물 관리인이 아래층 자기 방에서 통증으로 괴로워하는 할아버지를 발견했대. 구두와 옷은 온통 젖어 있었고 몸은 얼음같이 차디찼다고 하더라. 할아버지가 비바람이 사납게 불던 간밤에 어디에 갔다왔는지는 짐작도 할 수 없었대. 그런데 불이 켜져 있는 등불과 끄집어낸 사다리와 제멋대로 흩어진 붓과 녹색과 붉은색 물감이 섞여 있는 팔레트가 발견됐어. 창밖을 내다봐. 벽에 있는 마지막 덩굴 잎새 말이야. 바람이 불어도 흔들리지 않는 게 이상하지 않니? 존시, 저것이 버만 할아버지의 걸작품이야. 그분이 마지막 잎새가 떨어져 버린 그날 밤에, 그 자리에 저것을 그려놓았어."

백작과 결혼식 손님

어느 날 저녁 앤디 도노반이 저녁 식사를 하려고 2번가에 있는 하숙집으로 돌아오자, 스코트 부인이 새로 하숙을 들어온 콘웨이라는 젊은 여자를 소개했다. 콘웨이 양은 키가 작고 조용한 여자였다. 그녀는 볼품없고 빛 바랜 옷을 입었고 음식에 관심을 쏟는 듯했으나, 그 모습은 기력이 없어 보였다. 그녀는 수줍은 듯이 고개를 들어 선명하고 사려 깊은 눈길로 도노반 씨를 흘긋 쳐다보면서 정중하게 그의 이름을 되새긴 후에, 다시 양고기를 들었다. 도노반 씨는 사교나 정치나 사업상의 발전에 큰 효험을 보고 있는 그 우아하고 환한 미소로 인사를 건넨 후, 자기가 기억해둘 대상자 명단에서 이 빛 바랜 갈색 옷의 여인을 지워버렸다.

두 주일 후에 앤디는 현관 계단에 앉아 담배를 피우고 있었다. 위쪽 등 뒤에서 조용히 옷깃 스치는 소리가 들렸다. 앤디는 뒤를 돌아보았다.

콘웨이 양이 막 문을 열고 나오고 있었다. 그녀는 아주 까만 비단 옷(크레이프 비단이라고 하던가?)을 입고 있었고, 까만 모자 밑으로 거미줄같이 얇은 검정 베일이 늘어져 하늘거렸다. 그녀는 계단 맨 위에 서서 검은 비단 장갑을 끼고 있었다. 까만색 이외에 다른 색깔이라고는 한 점도 들어 있지 않았다. 윤기 나는 금발은 매끈하게 땋아 목덜미 아래로 늘어뜨렸다. 예쁘지는 않지만 순수한 그녀의 얼굴에는 보는 이의 마음을 아프게 하는 슬픔과 우울이 깃든 표정이 떠올라 있었으며 거리 저편 지붕 위의 먼 하늘을 응시하는 커다란 잿빛 눈은 그녀를 더욱 아름답게 빛내고 있었다.

여성들이여! 인생의 문턱을 하나 둘 뛰어넘으려는 찰나에 불행이 불어닥치면 까만 옷차림, 가능하면 중국산 크레이프 비단 옷차림에 검은 베일 밑으로 윤기 나는 머리를 늘어뜨리고(그것도 금발 머리를) 슬프고 아련한 눈빛을 지으며 공원을 산책하라. 그러면 마음이 훨씬 가벼워질 것이다. 물론 적절한 때 문을 나서야 한다. 그러나 상복을 입는 관습을 이런 식으로 이야기하는 것은 너무 심한 것 같다. 나는 얼마나 냉소적인 사람인가!

도노반 씨는 갑자기 콘웨이 양을 기억해둘 만한 대상자 명단에 다시 집어넣었다. 그는 2.5센티가 넘게 남아 앞으로 8분은 더 피울 수 있는 담배를 내던지고, 몸의 중심을 긴 가죽옷 쪽으로 재빨리 기울였다.

"콘웨이 양, 저녁 날씨가 맑고 좋습니다."

만일 관상대 직원이 이렇게 자신만만하게 말하는 그의 목소리를 들었다면, 청명한 날씨를 알리는 백기를 올려서 아예 깃대에 못을 박아버렸을 것이다.

"마음이 즐거운 사람들에게는 좋은 날씨겠죠."

콘웨이 양이 한숨을 쉬면서 말했다.

도노반 씨는 마음속으로 날씨가 좋은 것을 저주했다. 몰인정한 날씨 같으니라고! 콘웨이 양의 기분과 어울리도록 우박이 쏟아지고 바람이 몰아치고 눈발이나 휘날리지 않고!

"귀댁의 친지 중에서 어느 분이 돌아가셨습니까?"

도노반 씨는 용기를 내어 물었다.

"친척이 죽은 것이 아닙니다. 바로, 아니요, 도노반 씨. 저의 슬픔을 당신에게 강요하고 싶지 않아요."

콘웨이 양은 머뭇거리며 말했다.

"강요한다고요?"

도노반 씨가 항의하듯이 말했다.

"별말씀을 다 하십니다. 콘웨이 양. 저에게도 알려주십시오. 저는 아가씨의 슬픔을 함께하고 싶습니다."

콘웨이 양은 부끄러운 듯 미소를 지었다. 그러나 그 웃음은 그녀가 웃기 전의 표정보다도 더욱 슬프게 보였다.

"'웃어라, 그러면 세상 사람들이 너와 함께 웃을 것이다. 슬퍼하라, 그러면 사람들은 너에게 웃음을 줄 것이다'라는 말이 있죠. 도노반 씨, 저에게는 이 도시에 친구도 아는 사람도 없습니다. 그런데 선생님께서 저를 친절하게 대해주시니 대단히 감사합니다."

그러나 친절이라고는 식사를 할 때 그녀에게 후춧가루 병을 두어

번 건네준 일이 있을 뿐이었다.

"뉴욕에서 혼자 지내기란 정말로 힘든 일입니다. 틀림없이 힘들죠. 어쩌다가 이 멋없는 도시가 친절을 베풀더라도 어떤 한계가 있게 마련이고요. 콘웨이 양, 공원을 산책하다 보면 혹시 울적한 마음이 다소 가벼워지지 않을까요? 괜찮으시다면 제가……."

"고맙습니다, 도노반 씨. 만약 선생님께서 우울한 마음으로 가득 찬 사람하고 자리를 함께해도 괜찮으시다면, 기꺼이 같이 가겠습니다."

중심가에 자리잡은, 철책으로 둘러싸인 오래된 공원의 입구에 들어선 그들은 조용한 벤치를 발견했다. 이 공원은 한때 높은 사람들이 즐겨 산보를 하던 곳이었다.

젊은 사람의 슬픔과 늙은 사람의 슬픔에는 차이가 있다. 젊은 사람은 그의 슬픔을 다른 사람과 나누면 그만큼 홀가분하다고 느끼지만, 늙은 사람은 다른 사람과 슬픔을 나눠도 슬픔이 줄어들지 않는다.

"약혼자가 있었어요."

한 시간쯤 지나서 콘웨이 양은 속내를 털어놓기 시작했다.

"돌아오는 봄에 그와 결혼하기로 되어 있었죠. 그이는 백작이었답니다. 거짓말이라고 생각하지 마세요, 도노반 씨. 그는 이탈리아에 큰 농장과 성을 가지고 있었어요. 이름은 페르난도 마치니였죠. 저는 그이만큼 우아한 사람을 본 적이 없어요. 아버지는 물론 결혼을 반대하셨죠. 한번은 사랑의 도피까지 했지만, 아버지가 뒤쫓아 와서 저를 데려갔어요. 아버지와 페르난도가 결투를 벌일지도 모른다는 생각도 들었지요. 아버지는 파깁시(市)에서 말을 맡아 사육하는 일을 하세요.

결국은 아버지가 마음을 돌려서 내년 봄에 결혼을 해도 좋다고 허락하셨어요. 페르난도는 아버지에게 자신의 작위와 재산의 규모에 대한 증거를 보여주고 나서, 우리가 앞으로 살게 될 성을 꾸미려고 이탈리아로 건너갔어요. 아버지는 대단히 만족하셨죠. 그러나 페르난도가 혼수 비용으로 수천 달러를 주려고 하자, 아버지는 단호하게 거절하셨어요. 선물은 고사하고 반지 하나 받지 않겠다고 하셨죠. 페르난도가 떠나자 저는 이곳에 와서 제과점의 회계일을 보게 되었어요.

그런데 사흘 전에 이탈리아에서 파깁시를 거쳐 편지가 왔어요. 페르난도가 곤돌라 사고로 죽었다는 편지였어요. 이것이 제가 상복을 입은 까닭이에요. 도노반 씨, 제 마음은 영원히 그분의 무덤 속에 머물 거예요. 제가 선생님께 좋은 벗이 되고 있지 못하지요? 그러나 저는 아무에게도 흥미를 가질 수가 없어요. 웃음과 즐거움을 주는 친구들을 두시고, 아무 즐거움도 없이 저와 함께 자리를 같이하시다니…… 선생님께선 아마 집으로 돌아가고 싶으실 테지요?"

여성들이여! 만일 젊은 남자가 곡괭이와 삽을 찾느라고 법석을 피우는 모습이 보고 싶으면, 그저 당신의 마음이 아무개의 무덤 속에 머물러 있다고만 말하라. 젊은 남자란 근본적으로 무덤을 파헤치는 도둑이니까. 모든 과부들에게 물어보아라. 중국산 크레이프 비단옷을 입고 눈물을 흘리는 천사의 스러져가는 관능을 회복시키려면, 무엇인가 일이 일어나야만 하는 법이다. 그런 점에서 극심한 피해를 보는 자는 분명히 죽은 남자들이다.

"정말 안됐습니다."

도노반 씨가 부드럽게 말했다.

"하숙집으로 돌아가지 말고 여기서 이야기나 더 합시다. 그런데 콘웨이 양, 이곳에 친구가 없다는 말씀은 아예 마십시오. 제 마음도 아주 슬프답니다. 제가 당신의 친구이고, 또 제 마음이 매우 슬프다는 것을 믿어주십시오."

"그이의 사진이 여기 제 목걸이 사진함 속에 있어요."

콘웨이 양은 손수건으로 눈물을 닦으며 말했다.

"아무에게도 보여준 적이 없지만 도노반 씨에게는 보여드릴게요. 선생님께서 나의 절실한 친구가 되리라는 것을 믿고 있으니까요."

도노반 씨는 콘웨이 양이 연 사진함 속의 사진을 무척 흥미롭게 오랫동안 들여다보았다. 마치니 백작의 얼굴은 흥미를 돋우기에 충분한 얼굴이었다. 핸섬하고 지적이며 영특한 미남형 얼굴, 동료들 사이에서 중심 인물이 되고도 남을 강건하고 쾌활한 남자의 얼굴이었다.

"제 방에는 이것보다 더 큰 액자에 넣은 사진이 있어요. 돌아가서 보여드릴게요. 페르난도를 생각나게 하는 것은 이 사진이 전부지만, 그이는 항상 제 마음속에 살아 있을 거예요. 이것만은 변할 수 없는 일이지요."

이제 도노반 씨는 미묘한 과제에 부닥쳤다. 콘웨이 양의 가슴속에 자리잡은 불행한 백작을 밀어내고, 대신 자기가 들어앉아야 하는 과제에 직면한 것이다. 그가 이와 같은 결심을 하게 된 것은 그녀에 대한 경모의 마음 때문이었다. 그러나 이 엄청난 과제 앞에서도 그의 마음은 중압감을 느끼는 것 같지 않았다. 그는 동정심이 많으면서도 쾌활한 사람의 역할을 해야만 했다. 그는 이 역할을 어찌나 잘해냈던지 30분쯤 지나자(비록 콘웨이 양의 커다란 잿빛 눈 속의 슬픔은 아직 줄어들지 않았지만) 그들은 아이스크림 두 개를 사이에 두고 이야기를 나누게 되었다.

그날 저녁 홀에서 헤어지기 전에, 그녀는 2층으로 뛰어 올라가서 하얀 비단보로 예쁘게 싼 액자에 넣은 사진을 가지고 내려왔다. 도노반 씨는 불가사의한 눈으로 그 사진을 들여다보았다.

"이탈리아로 떠나던 날 밤에 그분이 이것을 제게 주셨어요. 목걸이 속 사진도 이 사진으로 만든 거예요."

"미남이십니다."

도노반 씨가 진심인 듯이 말했다.

"콘웨이 양, 오는 일요일 오후에 저와 코니에 함께 가주실 수는 없는지요?"

한 달 후, 그들은 스콧 부인과 하숙인들에게 그들의 약혼을 발표했다. 콘웨이 양은 계속 검은 옷을 입고 있었다.

약혼 발표가 있은 지 일주일이 지났다. 두 사람은 중심가 공원의 옛날 그 벤치에 앉아 있었다. 흔들리는 나뭇잎과 달빛 아래 그들의 모습은 흐릿한 영화의 한 장면처럼 보였다. 그러나 도노반은 종일 울적하고 넋 나간 듯한 표정이었다. 그는 오늘 저녁따라 지나치게 말이 없었다. 그의 표정이 너무나 덤덤하여 사랑하는 사람으로서는 궁금한 마음을 더는 참을 수가 없었다.

"왜 그래요, 앤디? 오늘 저녁 내내 왜 이렇게 골이 나 있어요?"

"아무 일도 아니오, 매기."

"아니에요. 무슨 일이 있는 게 분명해요. 궁금하단 말이에요. 지금 생각하고 있는 사람, 어떤 다른 여자지요? 좋아요. 그 여자가 보고 싶으면 가서 만나면 되잖아요! 이 팔 치워요, 당장."

"그렇다면 얘기해주지. 하지만 당신은 이해하지 못할 것 같은데."

앤디가 퉁명스럽게 말했다.

"당신 마이크 설리반이란 사람에 대해 들은 적 있소? 모든 사람들이 대단한 인물이라고 칭송하는 사람 말이오."

"모르겠어요. 처음 듣는 이름이에요."

매기가 말했다.

"그 사람 때문에 당신이 시무룩한 거라면, 알고 싶지도 않아요."

"그는 뉴욕에서 가장 대단한 인물이야."

앤디는 거의 존경심을 나타내면서 말했다.

"정치에 관련된 일이라면 무엇이든 하고 싶은 대로 할 수 있는 사람이지. 말하자면 높이 1.6킬로미터에, 넓이가 이스트강 정도 되는 사람이야. 당신이 만약 마이크 선생에 대해서 나쁘게 이야기를 하면, 단 1, 2초 사이에 당신을 공격할 사람들이 백만은 몰려들 거요. 얼마 전에 그분이 유럽을 방문했을 때는 왕들이 놀라서 쥐구멍을 찾았단 말이오. 바로 이러한 대단한 인물 마이크 선생이 내 친구요. 나는 영향력이라고는 티끌만큼도 없지만, 마이크 선생은 높은 사람에게는 물론 하잘것없는 사람, 가난한 사람에게도 훌륭한 친구란 말이오. 오늘 내가 그분을 바우어리가에서 만났소. 그분이 나를 보고 어떻게 했을 것 같소? 다가와서 악수를 청한 거요. '여보게 앤디, 자네에겐 항상 관심이 있었네. 자네는 살고 있는 동네에서 늘 좋은 일을 많이 했지. 나는 자네를 자랑스럽게 생각한다네, 무엇을 마시겠나?' 이렇게 말을 하면서 그는 잎담배를 빼어 물었고, 나는 하이볼을 마셨소. 내가 두 주일 후에 결혼한다고 말했더니 '앤디, 초청장을 보내주게. 꼭 기억했다가 결혼식에 갈 테니까' 하더군. 그 대단한 마이크 선생이 이렇게 말했단 말이오. 그분은 자기가 한 말은 꼭 실행에 옮기는 분이거든. 매기, 당신은 이해 못할지 모르지만, 나는 내 팔 하나를 잘라내는 한이 있더라도 마이크 설리반 선생을 결혼식에 꼭 초대하고 싶소. 내 평생에 가장 자랑스러운 날이 될 테니 말이오. 그분이 결혼식에 와주면 한평생을 보증해주는 결혼이 된단 말이오. 이것이 오늘 저녁 내가 침울한 까닭이오."

"그렇다면 그분을 초대하면 되잖아요? 그분이 오기를 그토록 바란다면 말이에요."

매기가 가벼운 마음으로 말했다.

"그럴 수 없는 까닭이 있지."

앤디가 슬프게 말했다.

"그분이 결혼식에 와서는 안 될 까닭이 있어. 왜 안 되는지 묻지 말아요. 절대로 말할 수 없으니까."

"뭐 몰라도 괜찮아요. 물어보나마나 정치적인 문제겠지요. 그런데 이것이 저에게 낯을 찡그릴 까닭은 되지 않잖아요?"

"매기."

앤디가 잠시 후 말했다.

"당신은 마치니 백작이란 사람만큼 나를 생각하긴 하는 거요?"

그는 오랫동안 기다렸지만 매기는 대답하지 않았다. 그러더니 갑자기 그녀는 남자의 어깨에 기대어 울기 시작했다. 그의 팔을 꼭 잡고 중국산 크레이프 비단옷을 눈물로 적시면서 온몸이 흔들릴 만큼 흐느껴 울었다.

"그만! 아, 그만, 그만."

자기 자신의 괴로움을 잠시 접어두고 앤디는 이렇게 위로했다.

"왜 이러는 거요?"

"앤디."

매기는 흐느끼며 말했다.

"제가 당신에게 거짓말을 했어요. 이제 저와 결혼해주지 않겠지요. 사랑도 끝장이고요. 그래도 얘기하겠어요. 앤디, 백작은커녕 백작 손끝도 없었어요. 저는 평생 동안 애인이라고는 없었어요. 그러나 다른 여자들은 다 있었지요. 그네들은 늘 애인 이야기를 했어요. 그렇기 때문에 남자들이 그들을 더욱 좋아하는 것 같았어요. 게다가 앤디, 저는 검은 옷을 입으면 예뻐 보여요. 당신도 알지요? 그래서 사진 파는 곳에 가서 그 사진을 사고, 목걸이 사진함에 넣을 작은 것도 만들고. 백작 이야기를 꾸며댔지요. 검은 옷을 입을 수 있도록 백작은 죽은 것으로 하고요. 거짓말쟁이를 사랑할 사람은 아무도 없지요. 앤디, 당신은 저를 버리겠지요. 그러면 저는 부끄러워 죽어버릴 거예요. 아, 제가 좋아한 사람은 당신 말고 아무도 없어요. 정말이에요."

그러나 앤디는 그녀를 밀치지 않았다. 그의 팔은 오히려 더욱 꼭 그녀를 안았다. 그녀는 고개를 들었다. 그의 얼굴에는 구름이 걷히고 미소가 떠올라 있었다.

"저를, 저를 용서해주실 건가요, 앤디?"

"물론이오. 그 점은 이제 해결된 것이오. 백작은 공동 묘지로 돌아간 것이고. 매기, 당신은 비뚤어진 것을 모두 똑바로 펴놓은 셈이오. 결혼식 전에 그래주기를 바라고 있었소. 깜찍한 사람!"

"앤디, 당신은 백작에 대한 내 말을 다 믿은 거예요?"

틀림없이 용서받았다는 확신이 선 후에 약간 수줍은 미소를 띠면서 매기가 물었다.

"글쎄, 그렇지는 않았지."

잎담뱃갑을 꺼내면서 앤디가 말했다.

"당신의 목걸이 사진함 속에 든 사진 속의 주인공은 바로 마이크 설리반 선생이었으니까."

손질된 등불

물론 그 문제에는 두 가지 측면이 있다. 이제 그중 한가시를 살펴보기로 하자. 우리는 종종 '상점 아가씨'라는 말을 하지만 그런 사람이 존재하는 것은 아니다. 상점에서 일을 하는 아가씨들이 존재하는 것이다. 그들은 그곳에서 일을 하며 생계를 유지해나간다. 그런데 어찌하여 그들의 직업이 형용사로 쓰이는 것인가? 사물을 공정하게 보도록 하자. 우리는 5번가에 사는 아가씨들을 '결혼 아가씨'라고 부르지는 않는다.

루와 낸시는 다정한 친구로 일터를 찾아 대도시에 왔다. 낸시는 열아홉 살이었고, 루는 스무 살이었다. 두 사람 다 예쁘고 발랄한 시골 처녀였으나 배우 따위가 되겠다는 생각은 없었다.

하늘의 천사가 두 아가씨를 값이 싸면서도 조촐한 하숙집으로 안내해주었다. 두 사람 다 직장을 얻어 월급쟁이가 되었고 그들은 여전히 사이가 좋았다. 내가 여러분들에게 소개하려고 하는 것은 그 후 9개월이 다 되어서 일어난 일에 대한 이야기다. 참견하기를 좋아하는 독자가 있고, 나의 숙녀 친구 낸시 양과 루 양이 있다. 그들과 인사를 나눌 때, 독자들은 그들의 옷차림을 조심스럽게 눈여겨보기 바란다. 왜냐하면 전시장의 관람석에 앉아 있는 숙녀처럼, 그 아가씨들도 빤히 쳐다보면 대뜸 토라질 테니까 말이다.

루는 세탁소에서 다리미질을 했다. 그녀는 몸에 잘 맞지 않는 자줏빛 옷을 입고 10센티나 되는 길다란 깃이 달린 모자를 썼으며, 25달러나 하는 족제비 가죽 목도리와 스카프를 둘렀다. 이런 모피 제품은 철이 지날 무렵이면 7달러 98센트로 할인되어 진열장에 나온다. 그녀의 뺨은 발그레했고, 옅은 푸른빛 눈은 반짝였으며, 만족감이 넘쳐흘렀다.

낸시는 습관적으로 부르는 대로 하면, 상점 아가씨다. 상점 아가씨에게 어떤 유형이 있는 것은 아니지만 괴팍한 세상 사람들은 항상 어떤 형을 찾고 있으니, 다음이 그녀의 유형이다. 그녀는 높은 머리 덧대를 넣어 퐁파두르식으로 앞머리를 봉긋하게 만들었다. 그리고 짜임이 촘촘하지 않은 천으로 만든 스커트를 단정하게 입었다. 그녀는 쌀쌀한 봄 기운을 막을 수 있는 모피 제품을 두르고 있지는 않았지만, 페르시아 양피 가죽옷처럼 보이는 짧은 포플린 재킷을 입고 있었다. 그녀의 얼굴과 눈에는 냉정한 유의 사람들처럼, 전형적인 점원 아가씨의 표정이 있었다. 그 표정은 배반당한 여인에게서 무언중에 나타나는 경멸적인 반항의 표시이며, 다가올 복수를 슬프게 예언하는 표시이기도 하다. 그녀가 크게 웃을 때도 그런 표정은 그대로 남아 있다. 이와 같은 표정은 러시아 농민의 눈동자에서도 볼 수 있다. 가브리엘 천사가 우리를 책망하기 위해 세상에 내려올 때, 우리 살아남은 사람들은 그 표정을 그의 얼굴에서 볼 수 있을 것이다. 그리고 그녀의 표정은 남자들을 꼼짝 못하게 사로잡아 얼굴을 붉히게 하는 그런 표정이다. 남자들은 그런 표정에 싱글벙글 웃으며 오히려 꽃다발을 실로 꼭꼭 묶어서 가져다주게 마련이다.

자, 모자를 벗고 루가 "또 봐요" 하며 건네는 명랑한 인사와 별나라를 향해 지붕 위를 날아가는 흰나비 같으면서도 비웃는 듯하기도 하고 달콤하기도 한 낸시의 눈웃음을 받으며 작별을 하자.

두 아가씨는 길 모퉁이에서 댄을 기다리고 있었다. 댄은 루의 착실한 남자 친구였다. 그는 성모 마리아가 열두 명의 일꾼을 시켜 잃어버린 양을 찾을 때, 가장 가까이에서 도와줄 사람이었다.

"낸시, 춥지 않니?"

루가 말했다.

"그런 거지 같은 가게에서 일주일에 8달러를 받고 일을 하다니 너도 참 바보 같다! 나는 지난 주에 18달러 50센트를 벌었어. 물론 다리미질이 카운터 뒤에서 레이스를 파는 것만 못할지 모르지만, 벌이가 괜찮지 않니. 다리미질을 하는 아가씨들은 10달러 정도는 버니까. 게다가 그 일이 점잖지 못한 일이라고는 생각하지 않아."

"네 멋대로 생각하렴."

낸시는 큰 소리로 말했다.

"나는 일주일에 8달러를 받고 보잘것없는 방에서 살아도 좋아.

대신 멋있는 상품을 팔면서 근사한 사람들 속에서 지내면 돼. 기회가 얼마나 많다고! 들어봐, 장갑을 파는 아가씨 하나는 피츠버그 사람하고 결혼했는데 제철소나 철공소나 그런 것을 하는 사람인데 백만장자래. 나도 언젠가는 멋있는 사람을 잡게 될 거야. 웃음을 팔겠다는 게 아니라 운이 닿으면 기회를 놓치지 않겠다는 거야. 세탁소에서 여자가 무슨 빛이 나니?"

"무슨 소리야, 난 거기서 댄을 만났는데."

루는 의기양양하게 말했다.

"그는 일요일에 입을 셔츠를 찾으러 왔다가, 맨 앞에 있는 다림대에서 내가 다리미질하는 것을 본 거야. 누구나 앞 다림대에서 일하려고 하지. 그날은 엘라 마기니스가 몸이 아파 못 나왔기 때문에 내가 그 자리에서 일하고 있었고. 그 사람 말이 나의 둥글고 하얀 팔에 첫눈에 끌렸대. 나는 소매를 걷어올리고 일을 하고 있었거든. 멋쟁이 신사들도 세탁소에 자주 오거든. 그런 사람들은 가방에 옷을 넣고 느닷없이 들어오지."

"넌 어떻게 그런 옷을 입고 다니니?"

낸시는 눈에 거슬리는 옷을 빤히 내려다보며 눈살을 찌푸린 채 다소 질책하듯이 말했다.

"꼴불견이야."

"이 옷 말이야?"

루는 화가 나서 눈을 크게 뜨며 말했다.

"왜, 16달러나 주고 산 거야. 25달러의 가치는 있는 거라고. 어떤 부인이 세탁을 맡겨놓고 찾아가지 않아서 주인이 나에게 팔았어.

손으로 수를 놓아 만든 거야. 네가 입고 있는 보기 흉하고 꼴사나운 옷에나 신경 쓰지 그래."

"네 말대로 하면, 이 보기 흉하고 꼴사나운 옷은 밴 알스타인 피셔 부인의 옷을 본떠서 만든 거야. 아가씨들이 그러는데 작년에 그 여자가 우리 가게에서 1만 2천 달러어치나 옷을 사갔대. 이 옷은 내가 1달러 10센트를 들여 직접 만든 거야. 3미터만 떨어져서 보면 그 여자 옷과 구별할 수 없을 정도로 비슷해."

"아, 그래."

루가 상냥하게 대꾸했다.

"밥을 굶으면서도 허세를 부리려면, 계속해봐. 어쨌든 나는 내 일을 하면서 월급이나 두둑이 받을 테니까. 머지않아 내가 돈을 많이 벌면 멋있고 매혹적인 옷이나 소개해줘."

바로 그때, 댄이 나타났다. 그는 도시인들에게서 볼 수 있는 경박한 티가 하나도 없는, 기성품 넥타이를 맨 단정한 청년이었다. 그는 일주일에 30달러를 버는 전기 기술자였다. 그는 로미오와 같은 슬픈 눈으로 루를 쳐다보면서, 그녀의 수놓은 옷이 꼭 거미줄 같다고 생각했다.

"친구인 오윈스 씨야. 댄포드 양이에요. 인사하세요."

루가 말했다.

"댄포드 양, 만나서 반갑습니다. 루한테서 말씀 많이 들었습니다."

댄이 손을 내밀며 말했다.

"네, 반가워요. 저도 루한테서 자주 얘길 들었답니다."

낸시는 손끝을 잡고 냉담하게 악수를 하며 말했다.

루가 깔깔 웃으며 물었다.

"낸시, 그런 악수도 알스타인 피셔 부인에게서 배웠니?"

"그렇다고 해두자. 너도 배워두는 게 좋을걸."

"아니, 난 전혀 필요 없어. 그런 것은 나에게 어울리지 않아. 그런 고상한 악수는 다이아몬드 반지를 돋보이게 하려고 할 때나 하는 거지. 그런 반지를 몇 개 사고 난 다음에나 한번 해볼래."

"먼저 배워두렴. 그러면 반지를 곧 살 수 있게 될 수도 있지 않을까."

낸시가 재치 있게 말했다.

"그런 논쟁은 그만해둡시다."

댄이 재빨리 유쾌한 웃음을 지으면서 말했다.

"자, 내가 제안 하나 하지요. 두 분을 티파니 같은 곳으로는 못 모신다 하더라도 작은 극장으로는 모실 수 있죠. 입장권을 샀어요. 우리가 진짜 다이아몬드 반지를 낀 사람과 악수는 할 수 없다 해도 무대에 나오는 다이아몬드는 구경할 수 있잖아요. 어때요?"

착실한 신사는 차도 쪽으로 바싹 서고, 그 옆에는 밝은색 옷차림을 한 작은 공작 같은 루가 서고, 호리호리하고 참새같이 침침한 색의 옷을 입은 낸시가 안쪽으로 서서 밴 알스타인 피셔 부인의 걸음걸이로 걸었다. 이렇게 세 사람은 격에 맞는 저녁 한때를 보내기 위하여 출발하고 있었다.

내 생각에 많은 사람이 큰 백화점을 교육 기관으로 보지 않는다. 하지만 낸시가 일하는 그 백화점은 적어도 그녀에게 그런 역할을 하는 곳이었다. 그녀는 고상한 취미와 세련된 분위기를 자아내는 아름다운 물건들에 둘러싸여 살았다. 사치스러운 분위기에서 살게 되면 자기 돈으로 사든지 남의 돈으로 팔리든지 일단은 자기 것이 되어버린다.

그녀가 대하는 사람들은 대개가 여자 손님들이기 때문에 그들의 옷이나 태도나 사교계에서의 지위가 평가의 기준이 된다. 그래서 낸시는 그 부인들에게서 자기 생각에 제일 좋은 것이라고 여겨지는 것을 하나하나 배우기 시작했다.

어떤 부인에게서는 몸짓을, 다른 부인에게서는 멋있게 눈썹을 치켜올리는 법을, 또 다른 부인에게서는 걸음걸이를, 돈지갑 다루는 법을, 미소짓는 법을, 친구에게 인사하는 법을, 손아랫사람에게 말하는 법 등등을 배웠다. 그녀가 가장 좋아하는 밴 알스타인 피셔 부인에게서는 가장 훌륭한 장점인 은방울처럼 맑고 부드럽고 나지막하고 티티새 소리처럼 명료한 목소리를 배웠다. 낸시는 이러한 상류 사교계의 교양과 세련된 분위기 속에 젖어 있었으므로 깊은 영향을 받지 않을 수 없었다. 습성이 훌륭한 원칙보다 나은 것처럼, 훌륭한 태도는 훌륭한 습성보다 더 나을지 모르겠다. 보모들의 교육만으로는 뉴잉글랜드의 양식을 지켜나가지 못할지도 모르지만, 의자에 반듯이 앉아 '프리즘 일곱 색과 순례자'라는 말을 40번만 반복하여 말한다면, 악마도 도망쳐버릴 것이다. 마찬가지로 낸시가 밴 알스타인 피셔 부인의 음성을 흉내내어 말할 때, 그녀는 골수까지 귀족적 의식을 느꼈다.

이 큰 백화점 학교에는 또 다른 배움의 원천이 있었다. 점원 아가씨 서넛이 모여 쇠줄로 만든 팔찌를 쩔렁거리며 잡담하고 있을 때, 이들이 에텔이 뒷머리를 손질한 모양을 평하고 있다고 생각해서는 안 된다. 이 모임은 신중한 남성들의 모임보다는 권위가 없을 수 있지만, 아담에게 집안에서의 그의 정당한 위치를 이해시키기 위하여 이브와 그녀의 첫딸이 머리를 조아리고 있는 회합만큼 중요한 의미를 갖고 있는 것이다. 그것은 여성의 공동 방위와 사회에 대한 공격 및 반격의 전술을 논의하기 위한 모임이다. 이 사회라는 것은 무대와 남성, 그리고 무대에 계속 꽃다발을 던지는 관객들로 이루어져 있다. 여자란 나이 어린 동물 중에서도 가장 연약한 것이다. 새끼 사슴은 귀엽지만 달아날 힘이 없고, 새는 예쁘지만 높이 날 힘이 없고, 꿀벌은 달콤한 꿀단지를 갖고 있지만…… 이런 비유는 그만두기로 하자. 누군가는 이미 벌에 쏘였을지도 모르니.

그들은 이렇게 회의를 진행시키는 동안 서로 무기를 전하고 생활에서 고안해낸 전술을 교환했다.

"나는 그 사람에게 이렇게 말하겠어."

새디라는 여자가 말한다.

"당신은 아직 풋내기네요! 내가 누군지 알고 그런 말을 해요? 그러면 그가 어떻게 내 말을 받겠어?"

그러자 갈색, 검정색, 노란색, 붉은색, 그리고 금색 머리들이 일제히 끄덕인다. 해답이 나온 것이다. 그 이후에 공동의 적인 남성과의 투쟁에서 공격을 피하는 방법이 결정된다.

그리하여 낸시도 방어의 기술을 습득했다. 여성에게는 성공적인 방어가 바로 승리를 의미한다.

백화점의 교과 과정은 범위가 넓다. 여자의 인생 설계인 성공적인 결혼을 백화점만큼 잘 지도해주는 대학도 없을 것이다.

백화점에서 그녀가 일하는 장소는 아주 좋은 곳이다. 음악실이 가까이 있어서 그녀는 일류 작곡가의 작품과 익숙해질 수 있었다. 그녀가 막연하나마 야심적으로 발을 들여놓으려는 사교계에 필요한 음악과 친숙하게 된 것이다. 그리고 그녀는 도자기라든가 값비싸고 우아한 옷감, 여성에게 교양이 될 수 있는 장식품 등에 대한 교육도 받았다.

같이 일하는 아가씨들은 곧 낸시의 야망을 알게 되었다. 멋있는 남자가 카운터에 다가올 때면 그들은 그녀를 향해 "낸시, 네 백만장자가 온다"라고 말하곤 했다. 같이 온 여자가 물건을 고르는 동안, 남자들은 습관적으로 손수건이 진열되어 있는 곳에 와서 서성거린다. 낸시는 다른 사람에게서 배운 고상한 태도와 타고난 미모 때문에 사람들의 눈길을 끌었다. 그래서 많은 남성이 그녀에게 다가와서 점잖을 피웠다. 그들 중 몇몇은 진짜 백만장자였지만, 나머지는 틀림없이 그 흉내를 내는 사람들이었다. 낸시는 그것도 가려낼 수 있게 되었다. 손수건 진열장 끝에 창문이 하나 있어서 그녀는 그들이 거리에 세워놓은 자동차 행렬을 볼 수 있었다. 그녀는 자동차 주인이 각양각색인 것만큼 자동차도 다르다는 것을 보고 바로 알 수 있었다.

언젠가는 매혹적인 신사가 손수건을 네 다스나 사고 나서 거지 소녀와 결혼했다는 아프리카의 왕 같은 태도로 카운터 너머에 있는 그녀에게 구애를 했다. 그 남자가 가고 나자 한 아가씨가 말했다.

"낸시, 뭐가 문제니? 그런 사람을 냉대하다니. 내가 보기에는 그 남자 훌륭한 상품처럼 보이던데."

"그 사람이?"

낸시는 냉담하면서도 부드럽고 태연하게 밴 알스타인 피셔 부인같이 미소를 띠며 말했다.

"내가 보기엔 그렇지 않아. 창밖으로 그가 자동차를 타고 오는 것을 보았는데, 12마력밖에 안 되는 차에다 운전수는 아일랜드 사람이었어! 그가 어떤 손수건을 샀는지 너도 봤지. 명주 손수건이야! 게다가 그 사람은 손가락을 앓고 있더라. 진짜가 아니면 소용없어."

이 백화점에서 가장 세련된 매장 주임과 회계인 두 여자는 종종 식사를 같이 하는 몇몇 신사 친구가 있다. 하루는 그들이 낸시도 그 자리에 끼워주어서 호화로운 카페에서 저녁 식사를 하게 되었다. 그 카페는 망년회를 하려면 미리 예약을 해야만 하는 곳이었다. 그 자리에는 두 신사가 동석했는데, 그중에 한 사람은 상류 사회 생활을 하다 보면 그렇게 되는 건지 머리카락이 하나도 없는 대머리였다. 그리고 다른 한 사람은 젊은 청년으로 자신의 재산과 유식함이라는 두 가지 설득법으로 사람들에게 인상을 남기려 했다. 그는 모든 포도주에서 코르크 냄새가 난다고 괴변을 늘어놓았고, 다이아몬드가 박힌 커프스 단추를 달고 있었다. 이 젊은 청년은 낸시에게서 대단히 빼어난 점 몇 가지를 발견했다. 그는 점원 아가씨들을 좋아했다. 그런데 여기 이 낸시는 그가 속해 있는 고급 사교계의 말투와 예절뿐만 아니라 그녀의 신분에 맞는 순박한 매력까지 갖고 있었다. 그래서 그다음 날, 그는 가게에 나타나서 표백한 아일랜드 리넨으로 둘레를 장식한 상자 너머로 진지하게 구혼했다. 낸시는 거절했다. 퐁파두르식으로 갈색 머리를 빗어올린 한 여점원이 3미터쯤 떨어져서 온 신경을 기울이고 있었다. 구혼자가 거절을 당하고 가버리자, 그녀는 낸시를 비난하면서 달려왔다.

"너 정말 한심한 바보구나! 그 사람은 백만장자야. 밴 스키틀스 영감의 조카라고. 그리고 그는 진심이었어. 낸시, 너 돌았니?"

"내가 돌았다고? 내가 그를 잘못 봤다고? 그 사람은 네 생각처럼 대단한 부자가 아니야. 가족이 그에게 1년에 2만 달러밖에 주지 않는대. 며칠 전에 함께 저녁 식사를 할 때 대머리 아저씨가 그 사람에 대해 다 말해줬어."

퐁파두르식 머리 모양을 한 아가씨는 바싹 다가와서 눈을 가늘게 뜨고 쳐다보았다.

"그러면 너는 도대체 어떤 사람을 원하는 건데?"

그녀는 쉰 목소리로 물었다.

"그 정도면 너한테 족하지 않니? 너는 일처다부주의자가 되어 록펠러와 글래드스톤 도위와 스페인 왕을 한데 합쳐서 결혼하려는 거니? 1년에 2만 달러면 충분하지 않아?"

"캐리, 돈이 전부는 아니었어."

그녀가 설명했다.

"그날 저녁에 식사를 할 때, 그는 큰 거짓말을 하다가 친구에게 들켰어. 그 사람이 극장에 함께 간 일이 없다는 어떤 여자에 대한 거짓말이었어. 어쨌든 나는 거짓말쟁이는 참을 수 없어. 한마디로 말해서, 나는 그 사람이 싫어. 그러면 얘기는 다 끝난 거지. 할인 판매 시기에 팔려가기는 싫어. 나는 남자답고 의젓한 사람을 원해. 내 상대는 장난감 건반처럼 소리만 요란하게 내는 사람이 아니라 속이 알찬 사람이라야 돼."

"정신 병동에나 가라!"

퐁파두르식으로 갈색 머리를 올린 아가씨가 걸어가면서 말했다.

낸시는 주급 8달러로 살아가면서도, 이상이라고 할 것까지는 없지만 이렇게 고상한 생각을 계속 갖고 있었다.

그녀는 매일매일 마른 빵을 먹고 허리띠를 졸라매면서 위대한 미지의 결혼 상대자를 찾아 헤맸다. 타고난 남자 탐색자의 나약하면서도 용감하고, 달콤하면서도 엄격한 미소가 그녀의 얼굴에 항상 감돌았다. 백화점은 그녀의 사냥터였다. 여러 번 그녀는 넓적하고 커다란 뿔을 가진 사슴처럼 보이는 것을 향하여 엽총을 겨누었다. 그러나 여자 사냥꾼의 본능인지 여자의 본능인지 알 수 없지만, 실수를 범하지 않겠다는 본능이 마음속에 깊이 박혀 있어서 발포를 중지하고 또다시 추적을 시작하곤 했다.

루는 세탁소에서 착실히 일했다. 주급 18달러 50센트를 받아 6달러는 하숙비를 내고 나머지는 주로 옷값으로 썼다. 그녀가 취미와 예절을 키울 만한 기회는 낸시와 비교할 때 거의 없었다. 수증기가 자욱한 세탁소에는 오직 일거리만이 쌓여 있었다. 그녀는 일을 하면서 다가올 저녁의 즐거움만을 생각했다. 값비싸고 화려한 옷이 수없이 그녀의 손을 거쳐갔다. 그리하여 옷에 대한 그녀의 애착은 다리미질을 하면서 그녀에게 옮겨져서 점점 더 커지는 것 같았다.

하루의 일과가 끝나면, 댄이 밖에서 그녀를 기다리고 있었다. 그녀가 어느 등불 밑에 서든지 그 사람은 그림자처럼 충실하게 따라다녔다. 가끔씩 그는 점점 더 화려해지는 루의 옷을 걱정스러운 눈길로 바라보았다. 그러나 그것은 충실성이 부족해서가 아니라 거리에서 그녀가 다른 사람의 관심을 끄는 것이 싫어서였다.

루도 댄 못지않게 그에게 충실했다. 두 사람이 어디를 가든지 낸시도 함께 가는 것이 습관처럼 되었다. 댄은 기꺼이 군짐을 짊어졌다. 말하자면 기분 전환을 위하여 다니는 세 사람 중에서 루는 색감을, 낸시는 색조를, 댄은 무게를 지니고 있다고 할 수 있었다. 댄은 그들을 안내할 때 눈에 띄는 말쑥한 기성복을 입고, 기성 넥타이를 매고, 끊임없이 쾌활한 재담을 했다. 놀라거나 당황하는 법이 없었다. 그는 성격이 아주 좋아서 함께 있는 동안에는 잊어버리기 쉬운 존재였지만 헤어지고 나면 눈에 선하게 떠오르는 사람이었다.

낸시의 고상한 취미를 고려한다면, 이 단순한 오락의 맛은 종종 씁쓸한 것이었다. 그러나 그녀는 아직 젊었다. 젊은 사람은 미식가가 될 수 없을 때 대식가가 된다.

루가 언젠가 낸시에게 말했다.

"댄은 지금 당장이라도 결혼하자는 거야. 그런데 왜 내가 결혼을 하니? 나는 혼자서도 살 수 있는데. 내가 번 돈으로 하고 싶은 대로 할 수 있어. 하지만 결혼하고 나면 그는 내가 직장에 나가는 것을 반대할 거야. 낸시, 무엇 때문에 그 보잘것없는 가게에 계속 있으려고 하니? 잘 먹지도 못하고 잘 입지도 못하면서 말이야. 네가 원하면 지금이라도 세탁소에 취직시켜줄게. 너도 돈을 많이 벌게 되면 그렇게 거만하게 굴지 않을 거야."

"루, 나는 내가 거만하다고는 생각하지 않아. 나는 적은 보수를 받더라도 지금 직장에 그대로 있을래. 그런 대로 생활에 익숙해진 것 같아. 내가 바라는 것은 바로 기회야. 항상 진열대 뒤에 서 있고 싶지는 않아. 나는 매일 새로운 것을 배우고 있어. 언제나 세련되고 부유한 사람들을 대하고 있으니까. 그래, 비록 그분들의 청에 응하기만 하면 되는 직업이지만, 지나가는 말 하나도 놓치지 않아."

"아직도 백만장자 하나 못 물었니?"

루가 놀려대는 웃음을 지으며 물었다.

"아직 선택하지 못했어. 하지만 계속 그런 사람을 찾고 있어."

"아이고 맙소사! 아직도 고르고 있다니! 오히려 한 사람이라도 도망가지 못하게 해라. 몇 달러 가지고도 벌벌 떠는 사람이라도 말야. 말이 그렇지, 농담이겠지. 백만장자들은 우리 같은 직업 여성은 안중에도 없어."

"만일 그렇다면, 그들은 이런 생각을 해야 할 거야."

낸시는 냉정하면서도 재치 있는 말을 했다.

"우리 같은 사람이라도 몇몇은 그들의 돈을 간수하는 법을 가르쳐줄 수 있다는 것을 말이야."

"백만장자가 말만 붙여도 나는 아마 기절할 거야."

루가 웃으면서 말했다.

"아무것도 모르고 하는 소리야. 부자와 평범한 사람들 사이의 차이점은 자세히 들여다보아야만 나타나는 거야. 루, 그 빨간 명주 안감 말인데 겉감에 비해 너무 밝다고 생각하지 않니?"

루는 낸시가 입고 있는 단조롭고 칙칙한 올리브 색 재킷을 보았다.

"글쎄, 나는 괜찮은데. 하지만 빛이 바랜 네 옷 옆에서는 그렇게 보일지도 모르지."

"이 재킷은 말이야, 전에 피셔 부인이 입고 있던 것과 똑같이 만든 옷이야. 천 값으로 3달러 98센트가 들었어. 그 부인 것은 백 달러도 더 들었을 거야."

낸시가 만족한 듯이 말했다.

"아, 그래."

루가 가볍게 받았다.

"내게는 그 옷이 백만장자를 낚을 미끼로는 보이지 않는데. 어쨌든 내가 너보다도 먼저 낚을지 아니."

사실 이 두 친구가 주장하는 견해의 가치를 판가름하려면, 철학자를 데려와야 할 것이다. 루에게는 상점이나 사무실에서 생계를 위해 일하는 아가씨들의 자존심과 괴팍함이 없었다. 그녀는 소란하고 숨막히는 세탁소에서 즐겁게 다리미질을 했다. 그녀의 수입은 편안한 생활을 하고도 남을 정도였다. 그래서 그녀의 옷차림이 점점 나아지자, 그녀는 말쑥하기는 하지만 화려하지 않은 댄의 옷을 보고 참을 수 없다는 듯이 종종 눈을 흘겼다. 비록 댄 자체는 꾸준하고 성실하고 틀림없는 사람이긴 하지만.

낸시의 경우는 수만 중에 하나가 있을까 말까 하는 경우였다. 교양과 취미를 가진 상류 사회의 명주, 보석, 레이스, 장식품, 향수, 음악(이런 것들은 여성을 위하여 있는 것이다)들을 공정하게 그녀도 가질 수 있었다. 그것들은 그녀 생활의 일부였고, 또 그녀가 갖고 싶으면 그런 것들과 가까이 지낼 수 있었다. 그녀는 에서* 같은 자신의 반역자는 아니었다. 그녀는 수입이 아주 적지만 자기의 생득권을 지켜 나가고 있었기 때문이다.

낸시는 이러한 분위기에 속해 있었다. 그녀는 악착스러운 마음으로 즐거운 듯 싼 음식을 먹고 적은 돈으로 옷을 만들어 입었다. 그녀는 이미 여성을 알고 있었다. 이제는 남성이라는 동물이 어떠한 습성과 감정을 갖고 있는지 연구 중이었다. 언제나 그녀는 사냥할 준비가 되어 있었으며 자신의 눈에 가장 크고 훌륭해 보이는 것이라야지 작아서는 안 된다고 다짐했다.

그래서 그녀는 그런 신랑을 맞아들이기 위하여 등불의 심지를 잘 손질하여 불을 밝혀놓고 있었다.

그러면서 무의식적으로, 그녀는 점점 다른 교훈도 배우게 되었다. 가치 기준이 흔들리고 변하기 시작한 것이다. 가끔씩 그녀의 마음속에서 달러 위주의 가치 기준표가 점점 흐려지면서 '진실' '명예' 어떤 때는 '친절'이라는 단어로 변했다. 말하자면 울창한 산림 속에서 큰 사슴이나 고릴라를 사냥하고 있는 사냥꾼과 흡사한 것이다. 사냥꾼은 이끼가 끼고 나무들이 무성한 작은 골짜기에서 조그마한 개울이 휴식과 위안을 속삭이며 흐르고 있는 것을 발견한다. 이런 때에는 유명한 사냥꾼 니므롯의 창살도 무디어지게 마련이다.

그래서 낸시는 페르시아 양피 가죽이 항상 시장 가격대로 매매되

---

* 《구약성서》에 나오는 이삭의 장남으로 죽 한 그릇 때문에 동생 야곱에게 장남의 권리를 팔았다.

손질된 등불 53

는 것이 아니라 가죽을 원하는 사람에 따라 가격도 달라진다고 가끔 생각했다.

어느 목요일 저녁에 낸시는 가게에서의 일과를 끝내고 6번가를 가로질러 서쪽에 있는 세탁소를 찾아가고 있었다. 그녀는 루와 댄과 함께 희가극을 구경 가려고 했다.

그녀가 도착했을 때, 댄은 세탁소에서 막 나오고 있었다. 그의 얼굴은 딱딱하게 굳어 있었다.

"루에게서 소식을 들은 사람이 있나 하고 들렀지요."

그가 말했다.

"루가 여기 없어요?"

낸시가 물었다.

"알고 계신 줄 알았어요. 월요일부터 루는 여기에 나오지 않았어요. 살던 집에도 없고요. 짐도 모두 옮겨갔어요. 세탁소에서 일하는 한 친구에게 유럽에 간다고 했대요."

댄이 말했다.

"그 애를 본 사람이 아무도 없나요?"

낸시가 물었다.

댄은 단단하게 턱을 괴며 침착한 회색 눈으로 강철같이 날카롭게 그녀를 보았다.

"세탁소에 있는 사람이 그러는데, 그녀가 어제 자동차를 타고 가는 것을 보았대요. 당신하고 루가 항상 꿈꾸던 백만장자하고 갔을 테지요."

그는 거칠게 말했다.

난생 처음으로 낸시는 남자 앞에서 풀이 죽었다. 그녀는 가늘게 떨리는 손으로 댄의 옷소매를 잡았다.

"댄, 마치 내가 그 일과 무슨 상관이라도 있는 듯이 말씀하시는데 그러지 마세요."

"그런 의미로 말한 것은 아니에요."

댄은 다소 누그러지면서 말했다. 그는 조끼 주머니 속을 뒤졌다.

"오늘 밤 쇼 입장권이 있는데, 괜찮으시면……."

그는 아주 밝은 표정을 지으며 말했다.

낸시는 그런 제안을 받을 때마다 기뻐했다.

"좋아요, 함께 가요."

3개월이 지나서야 낸시는 루를 다시 보게 되었다.

황혼이 깃든 저녁에, 그 점원 아가씨는 조용하고 작은 공원 담장을 따라 서둘러 집으로 돌아가고 있었다. 누군가가 자기 이름을 부르는 소리를 듣고 돌아서자, 루가 뛰어들어 그녀의 팔을 잡았다.

포옹을 하고 나서 그들은 재빨리 튀어나오려는 천만 가지 의문을 안은 채, 마치 공격과 방어 태세를 취하는 뱀처럼 머리를 뒤로 젖혔다. 그러자 루가 크게 성공했다는 것을 낸시는 알아차렸다. 루의 값비싼 가죽 털옷, 휘황찬란한 보석, 맞추어 입은 의상 등으로 보아 분명히 그랬다.

"요런 바보야!"

루는 큰 소리로 정답게 소리쳤다.

"너는 아직도 백화점에 나가는구나. 그러니 항상 그 꼴이지. 그런데 네가 생각했던 그 큰 물고기는 어떻게 됐니? 아직도 못 잡았구나!"

이윽고 루는 자기 재산보다도 더 좋은 무엇인가가 낸시에게 생겼다는 것을 알 수 있었다. 그녀의 두 눈동자에는 보석보다 더 찬란한 것이, 그녀의 두 볼에는 장미꽃보다 더 붉은 것이, 그녀의 혀끝에는 전기처럼 약동하는 그 무엇이 있다는 것을 깨달았다.

"그래, 나는 아직도 백화점에 다녀. 하지만 다음 주에 가게를 떠나려고 해. 나는 이 세상에서 제일 큰 물고기를 잡았어. 루, 이제는 말해도 괜찮겠지? 나 댄하고 결혼하게 됐어. 이제 그 사람은 나의 댄이야."

흘긋 보기에도 좀 더 인내심이 있는 경찰관이 되고자 노력하는 선량한 모습의 신임 경찰관이 공원 모퉁이에서 순찰을 돌고 있었다.

그는 값비싼 가죽 털옷을 입고 다이아몬드를 손에 낀 한 여인이 공원 철책에 기대어 격하게 울기 시작하자 날씬한 몸매에 수수하게 차린 한 여성이 가까이 다가서서 우는 여자를 위로하는 모습을 보았다. 그러나 그 경찰관은 새로운 시대의 사람이었으므로 못 본 체하고 그냥 지나갔다. 비록 보도를 야경봉으로 두드려서 그 소리가 저 멀리 있는 별나라까지 들린다고 하더라도, 한 경찰관의 힘으로는 이러한 문제가 해결될 수 없다는 것을 그는 잘 알고 있기 때문이었다.

봄날에 생긴 일

3월의 어느 날이었다.

작품을 쓸 때 이런 식으로 서두를 시작해서는 안 된다. 이보다 더 나쁜 서두는 아마도 없을 것이다. 상상력이 부족하고, 단조롭고, 무미건조하여 바람같이 내용 없는 소리가 되어버린다. 그러나 이 작품에서는 용납될 수 있다. 왜냐하면 이 작품은 다음 구절에서부터 시작되어야 했지만, 그러면 이야기가 아주 엉뚱하게 되고 앞뒤가 뒤바뀌어 독자 앞에 바로 내놓을 수 없는 것이 되기 때문이다.

사라는 그녀의 메뉴를 보며 울고 있었다.

메뉴에 눈물을 떨어뜨리며 울고 있는 뉴욕의 한 여성을 상상해보라!

새우가 다 팔리고 없다든가, 사순절 동안 아이스크림을 끊어야 한다든가, 값싼 양파 요리를 주문했다든가, 싸구려 극장에서 막 돌아왔다든가 하는 등등의 경우에 여자는 눈물을 흘린다고 추측할 수도 있다. 그러나 이러한 추측들이 다 들어맞지 않았으니, 이제 이야기를 진행시키기로 하자.

세상을 굴에 비유한 신사가 있다. 그는 이 굴을 칼로 따서 그가 당연히 받을 것보다 더 큰 수확을 거두어들였다. 칼로 굴을 따는 것은 어려운 일이 아니다. 그러나 타이프라이터로 인생이라는 조개껍데기를 열려는 사람을 본 적이 있는가? 살아 있는 열두 개의 조개를 타이프라이터로 여는 것을 기다리겠는가?

사라는 마음대로 다룰 수 없는 무기로 조개껍데기를 열고, 그 속에 있는 차고 끈적끈적한 세상맛을 조금 보게 되었다. 그녀는 상과대학에서 속기과를 졸업하고 사회에 갓 나온 사람 정도의 속기술밖에 없었다. 그래서 화려한 일류 회사에는 들어갈 수 없었다. 그나마도 그녀는 입사한 뒤 타이프라이터만을 전문으로 치는 것이 아니라 잡다한 복사거리를 주문받으러 다녔다.

사라의 생존 경쟁에서 가장 찬란하고 보람 있는 일은 슈렌버그 레스토랑과의 거래였다. 그 레스토랑은 그녀가 세들어 사는 낡은 벽돌집과 이웃해 있었다. 어느 날 저녁, 그녀는 슈렌버그에서 다섯 코스로 되어 있는 40센트짜리 싸구려 음식(흑인 머리에 야구공 다섯 개를 던져 맞히는 놀이만큼 빠르게 나왔다)을 먹고 나서 메뉴 한 장을 들고 나왔다. 영어인지 독일어인지 거의 읽을 수 없는 펜글씨로 쓰인 메뉴였다. 주의 깊게 읽지 않으면, 이쑤시개와 라이스 푸딩으로 시작해서 수프와 요일로 끝나도록 되어 있었다.

그다음 날, 사라는 타이프라이터로 예쁘게 친 메뉴를 슈렌버그

씨에게 보여주었다. 그 카드에는 '오르되브르'에서 시작하여 여러 가지 요리 이름이 구미를 돋우도록 순서대로 적혀 있었고 끝에는 '외투와 우산은 주인이 책임지지 않음'이라고까지 쓰여 있었다.

슈렌버그는 당장에 계약을 맺자고 제안했다. 그래서 사라는 레스토랑에 있는 스물한 개 테이블에 비치할 메뉴를 타이프라이터로 쳐서 공급하기로 했다. 매일매일 새로운 정식 메뉴를 공급하고, 아침과 점심 메뉴는 음식이 바뀌든가 새것이 필요할 때 공급하기로 한 것이다.

이 대가로 슈렌버그는 얌전한 웨이터를 시켜 사라의 방까지 하루 세 끼의 식사를 날라다주고, 오후에는 다음날 단골 손님을 위하여 마련하는 식사의 이름을 연필로 적어 보내기로 했다.

이 계약은 두 사람 모두에게 만족스러웠다. 이제야 슈렌버그 레스토랑의 단골 손님들은 식재료가 무엇인지 몰라 종종 어리둥절하기는 해도 자기네들이 먹는 음식의 이름을 알게 되었다. 그리고 사라도 춥고 음산한 겨울 동안 음식 걱정을 하지 않게 되어 다행이었다.

달력은 이제 봄이 찾아왔음을 알렸다. 봄은 때가 되면 찾아오게 마련이다. 얼어붙은 1월의 눈더미가 거리마다 철강석처럼 아직도 남아 있었다. 12월의 유쾌한 기분 그대로 〈즐겁고 그리운 여름에〉라는 곡을 아직도 연주하는 손풍금 소리도 들렸다. 남자들은 부활절 옷을 사기 위해서 30일 기한 수표를 발행하기 시작했다. 건물 관리인들은 스팀을 꺼버렸다. 이런 일들이 일어나고 있었지만 거리는 아직 겨울의 손아귀에 그대로 남아 있었다.

어느 날 오후에 사라는 우아한 침실에서 덜덜 떨고 있었다. '난방 완비, 대단히 청결함, 시설 완비, 내방 환영'이라고 써붙인 집이 이 모양이었다. 그녀는 슈렌버그 레스토랑의 메뉴를 만드는 일 이외에는 할 일이 없었다. 사라는 버드나무로 만든 흔들의자에 앉아 창밖을 내다보고 있었다. 벽에 걸린 달력은 "봄이 왔어요, 사라 양. 봄이 왔다니까요. 나를 보세요. 내 모습이 그것을 보여주고 있지 않나요? 예쁘게 몸치장을 하세요. 왜 그렇게 슬픈 모습으로 창밖만 내다보고 있어요?" 이렇게 계속 소리치고 있었다.

사라의 방은 이 건물 뒤쪽에 있었다. 창밖을 내다보면 길 건너에 있는 상자 공장의 창 없는 뒷벽이 보였다. 그 벽은 아주 투명한 수정 같았다. 사라는 마음속으로 벚나무와 느티나무 그늘이 지고 딸기덩굴과 체로키장미로 가장자리가 둘러싸인 잔디밭 길을 굽어보고 있었다.

진실한 봄 소식은 눈이나 귀로 인식하기에는 너무나 기묘하다. 어떤 사람들은 꽃피는 크로커스나 숲의 여왕인 산딸기를 보거나 파랑새의 소리를 듣고서야 봄이 온 것을 안다. 그리고 메밀이나 굴의 작별 인사를 눈으로 확인하고서야 '녹색의 여신'을 무딘 가슴으로 맞아들일 수 있다. 그러나 대지가 제일 좋아하는 어린아이들은 가장 청신한 대지의 신부에게서 원하면 양자로 삼겠다는 기쁜 소식을 받는다.

지난 여름에 사라는 시골에 갔다가 한 농부를 사랑하게 되었다.

(작품을 쓸 때 이와 같이 뒤로 이야기를 돌리면 절대로 안 된다. 그러면 저급한 예술이 되고 흥미를 잃어버리게 되니 그냥 앞으로 계속 나아가자.)

사라는 서니브루크 농장에 2주일간 머물렀다. 그녀는 그곳에서 프랭클린 씨의 아들인 월터를 사랑하게 되었다. 농부들은 사랑에 빠지면 곧 결혼을 하고 바로 일터로 나간다. 그러나 젊은 월터 프랭클린은 현대 농업가였다. 그는 외양간에 전화를 설치하고, 다음 해 수확할 캐나다 종 밀 수확이 달이 어두울 때 심은 감자에 끼치는 영향을 계산해낼 수 있었다.

월터가 청혼하여 허락을 받은 곳은 바로 딸기가 열린 그늘진 오솔길이었다. 두 남녀는 나란히 앉아 사라의 머리에 얹을 민들레 화관을 만들고 있었다. 그는 노란 민들레꽃이 그녀의 갈색 머리칼에 잘 어울린다고 칭찬했다. 그녀는 화관을 머리에 그대로 얹은 채 밀짚 모자를 손에 들고 휘저으며 집으로 돌아왔다.

그들은 봄에 결혼하기로 했다. 봄 소식이 오면 결혼하자고 월터가 다짐했다. 그리고 사라는 타이프라이터를 치러 도시로 돌아온 것이었다.

노크 소리가 났다. 행복했던 지난날의 꿈이 산산이 부서졌다. 한 웨이터가 슈렌버그 영감이 연필로 되는 대로 쓴 다음날 메뉴 초안을 들고 왔다.

사라는 타이프라이터 앞에 앉아서 롤러 사이에 카드를 끼웠다. 그녀는 재빠르게 일을 하는 사람이었다. 보통 한 시간 반이면 스물한 장의 메뉴를 쳤다.

오늘은 보통 때보다 메뉴에 변화가 많았다. 수프는 훨씬 묽어지고, 주요리에는 돼지고기가 빠지고 토스트에는 러시아 파만 넣게 되어 있었다. 봄의 생기가 모든 메뉴에 들어 있었다. 얼마 전까지만 해도 푸릇푸릇한 언덕에서 뛰어놀던 새끼 양이 이제 소금에 절여져 나오는 것이었다. 굴의 노래가 완전히 잦아진 것은 아니지만 기세가 꺾였다. 프라이팬은 이제 쓸모없게 되어 석쇠 뒤에 걸리게 될 것 같았다. 파이 종류가 늘어나고 기름진 푸딩은 사라졌다. 옷을 갈아입은 소시지는 메밀과 함께 시들어가는 꽃처럼 여명을 간신히 지탱하고 있으나 그것도 단풍의 운명에 지나지 않았다.

사라의 손가락은 여름철 냇물 위의 하루살이들처럼 춤추듯이 움직였다. 그녀는 정확한 눈짐작으로 길이를 맞추면서 각 항목을 줄줄이 쳐 나갔다. 디저트 바로 위에 야채 요리 항목을 넣고, 그 다음에 당근과 완두, 아스파라거스와 토스트, 토마토와 콩 요리, 리마콩, 배추 등등을 쳐넣었다.

사라는 메뉴 위에 눈물을 떨어뜨리며 쳤다. 어떤 신성한 절망의 계곡에서 나오는 눈물은 마음속에서 솟아올라 눈망울로 모였다. 그녀는 타이프라이터 위에 머리를 얹었다. 그러자 타이프라이터의 키는 눈물에 젖은 흐느낌에 메마른 반주라도 하듯이 토닥토닥 소리를 냈다.

두 주일간이나 월터에게서 소식이 오지 않았기 때문이었다. 그리고 메뉴의 다음 항목이 바로 민들레였기 때문이었다. 계란을 곁들인 민들레였는데, 계란이 아니라 민들레가 그녀를 괴롭혔다. 노란 민들레꽃으로 월터가 사랑의 여왕이자 미래의 신부 머리 위에 화관을 만들어 씌워주었던 것이다. 민들레, 봄 소식, 화관. 이것들은 행복했던 지난날들을 회상하게 만드는 것들이었다.

이러한 고난을 겪어본 여성이라면 누구도 감히 비웃지 않을 것이다. 예를 들어 당신이 마음을 허락하던 날, 퍼시라는 사람이 당신에게 준 장미꽃이 슈렌버그 레스토랑에 앉아 있는 당신 눈앞에 프렌치 드레싱을 끼얹은 샐러드로 나왔다고 해보자. 만일 줄리엣이 자신의 사랑의 선물이 이렇게 모욕을 당하는 것을 목격했다면, 즉시 약제사를 찾아가 망각의 약초를 구해왔을 것이다.

그러나 봄은 훌륭한 마법사다. 돌과 철로 된 크고 추운 도시에도 봄 소식은 전해져야 한다. 봄 소식을 전해줄 사람은 녹색 옷을 걸친 겸손한 모습의 자그마하고 단단한 들판의 특사뿐이다. 프랑스 주방장들이 사자의 이라고 부르는 민들레, 그것은 진실한 행운의 용사이다. 꽃이 피면, 애인의 갈색 머리칼을 장식하는 화관이 되어 사랑의 열매를 맺도록 도와주고, 아직 어려 꽃이 피기 전에는 끓는 냄비 속으로 뛰어들어 봄의 여왕의 이야기를 들려준다.

얼마 후에 사라는 억지로 눈물을 거두었다. 메뉴를 쳐야만 했다. 그러나 민들레 꿈이 남긴 희미한 황금색 여운 속에서 공허한 마음으로 타이프라이터를 치고 있는 그녀의 마음은 젊은 농부와 목장의 오솔길을 걷고 있었다. 이윽고 그녀는 돌을 깐 맨해튼의 골목길로 되돌아왔다. 타이프라이터는 마치 동맹 파업을 저지하는 경찰차처럼 덜컹거리기 시작했다.

6시에 웨이터가 저녁 식사를 갖고 왔다가, 돌아갈 때 타이프를 친 메뉴를 갖고 갔다. 사라는 한숨을 쉬면서 계란을 덮은 민들레 요리를 한쪽으로 밀어놓았다. 아름다운 사랑의 증인이던 꽃이 맛없는 음식이 되어 수치스러운 야채 취급을 받게 된 것처럼, 그녀의 여름 희망은 시들어 사라졌다. 셰익스피어가 말했듯이, 사랑은 자신을 먹고 사는 것인지도 모른다. 그러나 사라는 처음 경험한 진정한 사랑의 향연을 장식하고 빛내준 민들레를 먹을 수 없었다.

7시 30분이 되자, 옆집 부부가 싸우기 시작했다. 윗방의 남자는 플루트로 A음을 연습하고 있었다. 난방기가 제대로 작동하지 않았고 세 대의 차가 연탄을 부리기 시작했다. 그런 가운데서도 한 가락 축음기 소리가 시기하는 듯이 들려왔다. 뒷담장의 고양이들이 천천히 사라졌다. 이러한 것들로 보아 사라는 자기가 독서할 시간이라는 것을 알았다. 그녀는 트렁크를 놓고 발돋움을 하여 그 달에 가장 적게 팔린《수도원과 노변》이라는 책을 꺼내 읽기 시작했다. 이 책의 주인공 제라드와 함께 거닐기 시작한 것이다.

현관 초인종이 울렸다. 주인 아주머니가 대답했다. 사라는 곰에게 쫓기어 나무로 기어오른 제라드와 데니스를 버리고 귀를 기울였다. 아, 여러분들도 그 여자처럼 그럴 것이다!

그러자 아래층 홀에서 굵직한 목소리가 들렸다. 사라는 한 바퀴를 돌아 곰이라도 물리칠 듯이 책을 마룻바닥에 팽개치고 방문 쪽으로 달려갔다.

이만하면 짐작했을 것이다. 그녀가 층계에 다다랐을 때, 그녀가 사랑하는 농부가 세 계단씩 뛰어 올라와 티끌 하나의 간격조차 남기지 않고 그녀를 끌어안았다.

"왜 편지 한 장 쓰지 않으셨어요, 네?"

사라가 울음을 터뜨렸다.

"뉴욕은 참으로 넓은 도시로군."

월터 프랭클린이 말했다.

"일주일 전에 올라와서 당신의 옛 집으로 갔었소. 당신이 거기서 목요일에 이사했다는 것을 알았지. 다소 안심이 되었소. 액운의 금요일이 아니었으니 말이오. 그래서 희망을 잃지 않고 경찰의 도움을 받기도 하고 또 다른 방법으로 그때부터 계속 찾아다녔소."

"편지 썼잖아요!"

사라는 격렬하게 말했다.

"한 번도 받지 못했소!"

"그런데 어떻게 나를 찾았어요?"

젊은 농부는 봄날같이 포근한 웃음을 지었다.

"오늘 저녁, 옆에 있는 레스토랑에 들렀지."

그가 말했다.

"누가 들어도 상관없지 뭐. 나는 해마다 이때쯤에는 야채 요리를 즐기기 때문에 그런 것이 없나 하고 예쁘게 타이프를 친 메뉴를 훑어보고 있었지. 캐비지 다음의 글자를 보자마자 나는 의자에서 벌떡 일어나서 주인을 찾았지. 그 주인이 당신이 여기 산다고 일러주더군."

"기억이 나요."

사라는 행복에 겨운 한숨을 쉬며 말했다.

"캐비지 다음엔 민들레였죠."

"당신의 타이프라이터는 대문자 W가 흔들거려서 어디에서나 조금 위에 찍힌다는 것을 나는 알고 있지."

프랭클린이 말했다.

"그래요? 민들레라는 단어에는 W가 없는데요."

사라가 깜짝 놀라며 말했다.

젊은 사람은 호주머니에서 메뉴를 꺼내 어떤 줄을 짚었다.

사라는 그것이 그날 오후에 처음 친 카드라는 것을 알았다. 눈물이 떨어졌던 오른쪽 귀퉁이에는 아직도 번진 자국이 있었다. 그러나 목장의 식물 이름이 있어야 할 곳에, 두 사람의 잊지 못할 추억이 그녀의 손가락으로 하여금 타이프라이터의 다른 키를 치게 했던 것이다.

빨간 캐비지와 풋고추 요리 사이에는 '완숙한 계란을 곁들인 사랑하는 월터'라는 항목이 끼어 있었다.

20년 후

    담당 구역을 순찰 중인 경찰관이 인상적인 모습으로 대로를 걸어가고 있었다. 주위에서 바라보는 사람이 거의 없는 것으로 보아, 그의 인상적인 행동은 습관적인 것이지 남에게 보이기 위한 것은 아닌 것 같았다. 시간은 밤 10시도 미처 못 되었지만, 비를 품은 찬 바람이 불어 거리에는 사람의 발길이 거의 없었다.

    건강한 체구의 경찰관은 약간 뽐내는 걸음걸이로 걸어가면서 문단속을 살피기도 하고, 기묘하고 재치 있는 몸짓으로 곤봉을 휘두르다가 가끔씩 몸을 돌려 평화로운 거리를 주의깊게 바라보기도 하여 훌륭한 평화의 수호자다운 모습을 보였다. 그 지역은 일찍 문을 닫는 곳이었다. 이따금 담배 가게나 밤새워 영업을 하는 간이 레스토랑의 불빛이 보일 뿐, 번화가의 상점들은 거의가 닫힌 지 이미 오래되었다.

경찰관은 어느 길목의 중간쯤에 와서 갑자기 발걸음을 늦추었다.

컴컴한 철물점 입구에 어떤 사나이가 불을 붙이지 않은 시가를 입에 물고 기대서 있다가 경찰관이 다가가자 황급히 말했다.

"별일 아닙니다, 경찰관님."

그는 안심시키듯이 말했다.

"그저 친구를 기다리고 있어요. 20년 전에 한 약속이죠. 조금 이상하게 들릴지 모르겠습니다. 어쨌든 이 말이 사실인지를 확인하시고 싶으면 내 자세히 설명해드리지요. 20년 전엔, 여기 이 철물점이 있는 곳에 '빅 조 브래디'라는 레스토랑이 있었습니다."

"6년 전까지도 있었죠."

경찰관이 말을 받았다.

"네, 그때 헐렸죠."

철물점 입구에 서 있던 사람은 성냥불을 켜서 시가에 붙였다. 날카로운 눈초리와 창백하고 각진 얼굴의 오른쪽 눈썹가에 있는 작은 흉터가 성냥불에 비쳤다. 그는 커다란 다이아몬드가 박힌 넥타이핀을 하고 있었다.

"20년 전 바로 오늘 밤에, 나와 가장 친하며 이 세상에 둘도 없이 착한 지미 웰스라는 친구와 여기 '빅 조 브래디' 레스토랑에서 저녁 식사를 같이 했습니다. 그와 나는 여기서 마치 형제처럼 자랐습니다. 그때 내 나이는 열여덟 살이었고, 지미는 스무 살이었습니다. 그 다음 날 나는 돈을 벌기 위해 서부로 떠나게 되어 있었습니다. 지미는 절대로 뉴욕을 떠나려고 하지 않았습니다. 그는 살 곳이 여기밖에 없는 줄 알고 있었으니까요. 그래서 우리는 그날 밤 우리의 처지가 어떻게 되든, 아무리 먼 곳에 살게 되더라도, 지금 이 시각부터 꼭 20년이 되는 때에 여기서 다시 만나자는 약속을 했습니다. 20년 후에는, 어떻게 되든지 운명도 개척하고 돈도 벌게 되리라고 우리는 생각했습니다."

"그것 참 재미있군요."

경찰관이 말했다.

"그런데 재회까지의 기간이 너무 긴 것 같은데요. 그래 떠난 후에 소식은 들었습니까?"

"네, 얼마 동안 서신 왕래가 있었지요."

상대편이 대답했다.

"그러나 몇 년 후엔 소식이 끊어졌어요. 아시다시피 서부란 꽤 넓죠. 게다가 나는 참으로 바쁘게 돌아다녔으니까요. 하지만 지미는 이 세상에서 가장 진실되고 미더운 친구이니, 살아 있다면 나를 만나러 여기에 올 것입니다. 약속을 잊어버릴 리 없어요. 나는 약속을 지키려고 1,600킬로미터나 달려왔어요. 그 옛 친구가 나타나면 온 보람이 있는 거죠."

기다리고 있던 사람은 뚜껑에 작은 다이아몬드가 여러 개 박혀 있는 회중 시계를 꺼냈다.

"10시 3분 전이군요. 우리가 레스토랑 앞에서 헤어진 때가 꼭 10시였죠."

"당신은 서부에서 재미를 많이 보신 모양이군요?"

"그럼요! 지미가 내 반만이라도 벌었으면 좋겠습니다. 그 친구는 사람은 좋지만 꾸준하기만 한 사람이죠. 나는 큰 돈을 벌기 위해 날고 뛰는 친구들과 경쟁을 벌여야만 했습니다. 뉴욕에 사는 사람은 판에 박힌 생활을 하게 되죠. 하지만 서부에서 지내는 사람에게는 가끔 모험도 따른답니다."

경찰관은 곤봉을 휘두르고 한두 걸음 옮겼다.

"저는 가봐야겠습니다. 친구 분이 꼭 오면 좋겠습니다. 그런데 꼭 정각까지만 기다리시렵니까?"

"아니오, 적어도 30분은 더 기다려야지요. 지미가 이 세상에 살아 있다면 그때까지는 반드시 올 겁니다. 안녕히 가십시오."

"네, 안녕히."

경찰관은 인사를 하고, 문단속을 살피며 순찰을 계속했다.

드디어 찬 가랑비가 내리기 시작했다. 불규칙하게 불던 바람도 일정하게 불어왔다. 몇 명 안 되는 보행자들은 코트 깃을 세우고 손을 주머니에 넣은 채 침울한 표정으로 묵묵히 발걸음을 재촉했다. 어리석게도 불확실한 젊은 시절의 약속을 지키기 위해 1,600킬로미터나 달려온 사람은 철물점 문턱에서 시가를 피우며 기다리고 있었다.

약 29분쯤 기다리자, 긴 외투를 입고 코트 깃을 귀까지 올린 키 큰 사람이 길 건너편에서 서둘러 건너왔다. 그는 곧바로 기다리고 있는 사람에게 갔다.

"자네 밥이지?"

그는 의심쩍은 듯이 물었다.

"자네가 지미인가?"

문에 서 있던 사람이 크게 외쳤다.

"정말 반갑네!"

나중에 온 사람이 상대편의 두 손을 잡으며 소리쳤다.

"틀림없이 밥이로군! 자네가 살아만 있다면 여기서 만날 줄 알았네. 정말이지 20년이란 긴 세월일세, 여기 있던 레스토랑도 없어졌지. 그대로 남아 있었다면 거기서 다시 저녁 식사를 할 수 있었을 텐데. 그건 그렇고, 이 친구야, 그동안 서부에서 어떻게 지냈나?"

"말도 말게, 내가 바라는 것은 무엇이든 다 이루어졌네. 지미, 자네 참 많이 변했네. 내가 생각했던 것보다 5~8센티나 더 큰 것 같은걸."

"스무 살이 지나서 좀 컸지."

"자네는 뉴욕에서 잘 지냈나?"

"그저 그렇지. 시청에 근무하고 있네. 자, 내가 잘 아는 곳으로 가서 옛이야기나 오랫동안 나누세."

두 사람은 팔짱을 끼고 나란히 거리를 걷기 시작했다. 서부에서 온 사나이는 성공했다는 자부심에 부풀어 자신의 과거를 대강 이야기하기 시작했다. 외투에 푹 파묻힌 상대편은 흥미롭게 들었다.

길모퉁이에 전등이 밝게 비치는 약방이 있었다. 두 사람이 밝은 불빛 아래 있게 되자 서로 얼굴을 보려고 동시에 몸을 돌렸다.

서부에서 온 사나이는 갑자기 발걸음을 멈추며 끼고 있던 자기 팔을 풀었다.

"자네는 지미 웰스가 아니네."

그는 갑자기 소리쳤다.

"20년이 아무리 길다고 하더라도 매부리코를 납작코로 만들 수는 없지."

"그러나 20년이란 세월은 착한 사람을 악인으로 변화시키기도 하지요."

키가 큰 사람이 말했다.

"멋쟁이 밥, 당신은 10분 전부터 체포된 사람이오. 시카고 당국에서 당신이 우리 구역에 들어왔을지도 모른다는 전문이 왔소. 조용히 가겠소? 그렇게 하는 것이 좋을 거요. 경찰서로 가기 전에, 당신에게 전해달라고 부탁받은 쪽지가 있으니 창가에서 읽어보도록 하시오. 웰스 경찰관이 전하는 것이오."

서부에서 온 사나이는 작은 쪽지를 받아 펼쳐들었다. 그가 쪽지를 읽기 시작할 때에는 손이 떨리지 않더니 다 읽을 때쯤에는 약간 떨렸다. 편지 내용은 간단했다.

밥, 나는 정시에 약속한 장소에 갔었네. 그러나 자네가 시가에 불을 붙이려고 성냥불을 켰을 때, 자네가 바로 시카고 당국이 수배 중인 사람이라는 것을 알았네. 하지만 차마 내 손으로 자네를 체포할 수가 없어서 다른 형사에게 부탁했네.

지미

개심

지미 발렌타인이 구두를 열심히 깁고 있던 형무소 구두 공장으로 교도관이 찾아와서 그를 본관 사무실로 데리고 갔다. 그곳에서 형무소장이 지미에게 주지사가 그날 아침에 서명한 사면장을 내주었다. 지미는 무언가 못마땅하다는 태도로 사면장을 받았다. 그는 4년 형 중에 10개월 가까이 복역을 마친 상태였다. 길어야 3개월이라고 생각했는데 말이다. 사실 지미 발렌타인만큼 외부에 많은 친구를 갖고 있는 사람이면 형무소에 수감되어도 머리를 깎을 필요가 없다.

"자, 발렌타인, 내일 아침에 석방이네. 마음을 고쳐서 참된 사람이 되도록 하게. 자네는 본심이 나쁜 사람은 아니야. 이제 금고 터는 일은 집어치우고 올바르게 살아가게."

형무소장이 말했다.

"저한테 말씀하시는 겁니까?"

지미는 깜짝 놀란 듯이 물었다.

"저는 지금까지 금고를 턴 적이 한 번도 없는데요."

"오, 없을 테지."

형무소장은 껄껄 웃으면서 말했다.

"물론 없을 테지. 자, 이것 보게. 그런데 어째서 스프링필드 사건 때문에 여기에 들어오게 되었지? 어느 명사에게 피해가 갈까 두려워서 알리바이를 세우지 못해서 그랬나 아니면 자네에게 원한을 품고 있던 배심원의 비열한 행동 때문인가? 무고한 사람들이 피해를 보는 것은 둘 중의 하나 때문이더군."

"저 말입니까?"

지미는 아직도 이해하지 못하겠다는 듯이 천진스럽게 말했다.

"글쎄요 소장님, 저는 한 번도 스프링필드에 가본 적이 없어요!"

"크로닌, 이 사람을 데리고 가게."

교도소장은 웃으면서 말했다.

"그리고 나갈 때 입을 옷을 챙겨줘. 내일 아침 7시에 대기실로 데려오게. 발렌타인, 자네는 내 충고를 깊이 새겨두는 것이 좋을 걸세."

다음날 아침 7시 30분에 지미는 형무소장의 사무실에 서 있었다. 그는 정부가 지급한 제대로 맞지 않는 기성복을 입고 삐걱삐걱 소리가 나는 뻣뻣한 구두를 신고 있었다.

직원이 그에게 기차표와 5달러짜리 지폐를 주었다. 법은 그가 그 돈을 가지고 선량한 시민이 되어 살아가기를 기대하고 있었다. 형무소장은 그에게 시가 한 대를 권하고 나서 악수를 청했다. 연번호 9762호인 발렌타인은 명부에 '주지사의 명에 따라 사면'이란 기록을 남기고, 제임스 발렌타인 씨가 되어 출옥하게 된 것이다.

새들이 지저귀고 푸른 나무들이 너울거리며 꽃들이 향기를 뿜고 있었으나 지미는 전혀 개의치 않고 곧장 레스토랑으로 향했다. 그곳에서 그는 구운 닭고기를 먹고 백포도주를 한 병 마시고 나서 형무소장이 주었던 것보다 훨씬 더 좋은 시가를 피우며 첫 자유의 기쁨을 만끽했다. 그는 레스토랑을 나와서 한가롭게 역으로 갔다. 그는 역 문턱에 앉아 있는 장님의 모자 속에 25센트짜리 은화를 던져주고 나서 기차를 탔다. 세 시간쯤 가다가 그는 주 경계선 가까이에 있는 작은 마을에서 내렸다. 그는 마이크 돌란이라는 사람이 경영하는 카페에 들어가서 카운터 뒤에 혼자 앉아 있던 주인과 악수를 나누었다.

"지미 아닌가, 좀더 일찍 꺼내주지 못해서 미안하네."

마이크가 말했다.

"스프링필드에서 심하게 반대를 해서 말이야. 하마터면 주지사도 생각을 바꿀 뻔했다네. 그래, 건강은 어떠한가?"

"좋아. 내 열쇠 갖고 있지?"

그는 열쇠를 받아들고 위층으로 올라가서 뒤쪽에 있는 방문을 열었다. 모든 것이 그가 잡혀갈 때 그대로였다. 방바닥에는 유능한 형사인 벤 프라이스가 지미를 체포하려고 덤벼들 때 그의 셔츠 깃에서 떨어진 단추가 아직도 있었다.

그는 벽에 붙어 있는 접이식 침대를 펴고 벽장의 판자 한 장을 빼낸 다음 먼지가 잔뜩 묻은 가방을 꺼냈다. 그는 가방을 열고 동부 지역에서는 가장 좋은 절도 기구 한 세트를 응시했다. 그것은 특수 강철로 만든 완벽한 세트로 최신식 송곳, 펀치, 집게, 끌, 쇠지렛대, 걸쇠, 송곳 등과 지미 자신이 직접 고안한 두서너 개의 희귀한 물건들로 되어 있었는데, 그는 자기가 고안한 물건에 대해서 아주 자랑스럽게 생각하고 있었다. 이러한 물건들을 전문적으로 만드는 곳에서 이 연장을 구하는 데 900달러 이상이 들었다.

반시간쯤 지나서 지미는 아래층으로 내려왔다. 이제 그는 멋있고 잘 맞는 옷을 입고 있었고 손에는 먼지 하나 묻지 않은 깨끗한 가방을 들고 있었다.

"무슨 일거리라도 생겼나?"

마이크 돌란이 친절하게 물었다.

"나 말인가?"

지미는 알 수 없다는 투로 대답했다.

"무슨 말인지 모르겠군. 내가 뉴욕 숄트스냅에서 근무한다는 것을 아직도 모르고 있었나?"

마이크는 이 말을 듣고 대단히 만족하여 우유를 탄 소다수를 지미에게 권했다. 그는 독한 종류의 술은 절대로 마시지 않기 때문이었다.

9762호인 발렌타인이 석방되고 나서 일주일 후에 인디애나주 리치먼드에서 단서를 하나도 남기지 않은 교묘한 금고 강도 사건이 일어났는데, 잃어버린 돈은 불과 800달러뿐이었다. 그로부터 2주 후에 로간스포트에서 특허를 받은 개량형 도난 방지기가 달린 금고를 열어젖히고서, 증권이나 은화에는 손도 안 대고 현금 1,500달러를 훔쳐간 사건이 또 발생했다. 그러자 경찰 당국은 긴장하게 되었다. 그러나 또 제퍼슨시에 있는 구식 은행 금고가 열리고 5천 달러에 이르는 지폐가 사라졌다. 피해액이 이처럼 커지자 유능한 형사인 벤 프라이스가 이 사건에 참여하게 되었다. 여러 가지 특징을 검토한 결과 강도 수법에서 현저한 유사점이 있다는 것이 밝혀졌다. 벤 프라이스는 강도 현장을 조사하고 나서 이렇게 말했다.

"멋쟁이 지미 발렌타인의 솜씨요. 그 친구가 영업을 다시 시작했군. 저 자물쇠 손잡이를 보시오. 마치 비 오는 날 무를 뽑아내듯이 손쉽게 열어젖혔지 않았소. 저렇게 할 수 있는 집게를 가진 사람은 그 친구뿐이오. 그리고 얼마나 깨끗하게 저 자물쇠를 뚫었는지 보시오! 지미는 꼭 한 구멍만 뚫지. 역시, 발렌타인을 잡아야겠소. 이번에는 복역 기간 단축이나 가석방 없이 형량을 마쳐야 할 거요."

벤 프라이스는 지미의 수법을 알고 있었다. 그는 스프링필드 사건을 조사할 때 지미의 수법을 알아냈다. 그는 예상할 수 없는 곳에 불쑥불쑥 나타났다가 재빨리 사라지고, 단독 범행을 하고, 상류 사회에 줄을 갖고 있어서 교묘하게 법망을 피하는 선수로 악명이 높았다. 드디어 벤 프라이스가 달아나는 강도를 추적하고 있다는 소문이 돌자 도난 방지기가 달린 금고를 갖고 있는 사람들은 다소 안도의 숨을 쉬게 되었다.

어느 날 오후, 가방을 든 지미 발렌타인은 참나무가 많은 아칸소주를 지나는 철도에서 8킬로미터쯤 떨어져 있는 엘모라는 작은 마을에 우편 마차를 타고 와서 내리고 있었다. 그는 막 고향에 돌아오는 대학생 운동 선수 같은 모습을 하고 널빤지를 깐 보도를 따라 호텔로 향하고 있었다.

한 젊은 숙녀가 거리를 가로질러 길모퉁이에서 그의 옆을 지나 '엘모 은행'이라는 간판이 붙어 있는 건물로 들어갔다. 지미 발렌타인은 그녀와 눈이 마주치자 자기의 직업을 잊고 전혀 다른 사람이 되어버렸다. 그녀는 눈을 내리깔고 얼굴을 약간 붉혔다. 엘모에는 지미처럼 멋있는 외모와 태도를 가진 청년이 거의 없기 때문이었다.

한 남자아이가 마치 자기가 은행의 주주나 되는 것처럼 은행 계단에서 놀고 있었다. 지미는 그 아이에게 10센트 은화를 가끔씩 주면서 이 마을에 대해 이것저것 물어보았다. 잠시 후에 그 젊은 숙녀는 가방을 든 청년을 못 본 체하면서 은행에서 나와 그냥 가버렸다.

"저 젊은 여자가 폴리 심프슨 양이니?"

지미가 시치미를 떼고 물었다.

"아니에요."

사내아이가 대답했다.

"애너벨 애덤스예요. 저 여자 아버지가 이 은행의 주인이죠. 엘모에는 무슨 일로 오셨나요? 아저씨 시곗줄 금이죠? 불도그 한 마리 사고 싶은데 돈 좀 더 주시겠어요?"

지미는 플랜터스 호텔로 가서 스펜서라는 이름으로 방을 하나 빌렸다. 그는 프론트에 기대 서서 지배인에게 자신의 계획을 말했다. 그는 엘모에 사업할 장소를 물색하러 왔다고 하고 현재 이 마을에 구두업 사정은 어떠하며, 구두업을 하면 돈을 벌 수 있겠는가를 물었다.

 지배인은 지미의 복장과 태도에 매우 놀랐다. 그 자신도 엘모의 세련되지 못한 젊은이들에게는 제법 멋쟁이란 말을 들었으나, 이제 자기가 많이 부족하다는 것을 알게 되었다. 지미가 넥타이를 맨 모양을 눈여겨보면서 그는 친절하게 정보를 제공했다.

 "괜찮을 겁니다. 구두업계는 전망이 좋습니다. 이 고장에는 전문 구두점이 없어서 잡화점에서 구두를 취급하지요. 모든 분야의 사업이 비교적 잘 되는 편입니다. 스펜서 씨께서 이 엘모에 자리를 잡으시길 바랍니다. 여기는 살기도 좋고 사람들도 꽤 친절합니다."

 스펜서 씨는 이 마을에 며칠 동안 머물면서 사정을 알아보기로 했다. 물론 심부름꾼을 부를 필요는 없었다. 무거운 가방은 그가 항상 들고 다녔다.

 지미 발렌타인의 잿더미(기습적으로 사람의 마음을 바꾸게 하는 사랑의 불꽃 튀는 공격 때문에 남게 된 잿더미)에서 솟아난 불사조, 스펜서 씨는 엘모에 머물면서 구두점을 차리고 제법 돈을 벌었다.

 사교적으로도 그는 성공하여 많은 친구를 알게 되었고 애너벨 애덤스와도 사귀게 되어 그 여자의 매력에 점점 끌리게 되었다.

 그해가 끝날 무렵, 랄프 스펜서 씨는 마을 사람들의 존경을 받게 되었고, 구두점은 점점 번창해갔다. 그는 애너벨과 약혼했고, 2주 후에 결혼식을 올리기로 했다. 꾸준하게 전진하는 전형적인 시골 은행가 애덤스 씨는 스펜서에 대한 신임이 두터웠다. 애너벨은 그를 깊이 사랑하게 되자 그를 자랑스럽게 생각했다. 그는 애덤스 씨 가족이나 애너벨의 결혼한 언니 가족과 이미 한 가족이 된 것처럼 편안히 지냈다.

어느 날 지미는 책상에 앉아 세인트루이스에 사는 옛 친구에게 편지를 써서 안전한 주소로 부쳤다.

> 옛 친구에게
>
> 다음 수요일 밤 9시에, 리틀록에 있는 설리반에서 만나고 싶네. 자네가 나 대신 몇 가지 일을 처리해주길 바라네. 겸하여 내 연장 일체를 상자와 함께 자네에게 선물로 줄 생각이네. 1천 달러를 주더라도 이와 같은 연장을 못 구할 테니 기꺼이 받으리라고 믿네. 그리고 말일세, 빌리. 나는 1년 전에 그 옛 사업을 집어치웠네. 나는 훌륭한 가게를 차리고 정직하게 살고 있네. 2주 후에는 이 세상에서 가장 매력적인 여자와 결혼도 한다네. 빌리, 그것이 유일한 생활이자 올바른 생활일세. 이젠 백만금을 준다고 해도 다른 사람의 돈은 1달러도 만지지 않을 작정일세. 결혼한 뒤에는 모든 것을 처분하고 서부로 가려고 하네. 그곳은 나에게 과거의 전과 기록이 있다고 해도 크게 위험하지 않을 테니 말일세. 빌리, 자네에게만 말이지만, 그녀는 꼭 천사 같네. 그녀는 나를 믿고 있어. 온 세상을 다 준다고 해도 나쁜 짓은 절대로 안 하겠네. 잊지 말고 설리반 술집으로 나오게. 자네를 꼭 만나야 하네. 연장을 들고 나가겠네.
>
> 옛 친구 지미

지미가 이 편지를 부치고 난 다음 월요일 밤에, 벤 프라이스는 세를 낸 마차를 타고 남의 눈에 띄지 않게 엘모에 들어왔다. 그는 묵묵히 거리를 돌아다니다가 드디어 그가 알고자 하는 것을 찾아냈다. 스펜서의 구두점과 길을 마주 보고 있는 약방에서 랄프 스펜서의 모습을 똑똑히 목격한 것이다.

"지미, 자네가 은행가 딸과 결혼을 한다지?"

벤은 나지막한 목소리로 혼자 중얼거렸다.

"글쎄, 그건 모르는 일이지!"

다음날 아침, 지미는 애덤스 씨 집에서 아침 식사를 했다. 그는 그날 결혼 예복을 맞추고 애너벨에게 줄 선물을 사러 리틀록으로 나들이를 떠날 예정이었다. 그가 엘모에 온 후 마을을 떠나는 것은 이번이 처음이었다. 그는 그 전문적인 직업을 집어치운 지도 1년이 넘었으므로 외출을 해도 안전하리라고 믿었다.

아침 식사를 끝내고 나서 식구가 함께 마을로 들어왔다. 장인이 될 애덤스 씨, 애너벨, 지미, 애너벨의 결혼한 언니, 다섯 살과 아홉 살 된 언니의 두 딸이 함께 걷고 있었다. 일행이 지미가 여전히 묵고 있는 호텔 앞에 이르자, 지미는 자기 방으로 뛰어 올라가서 가방을 들고 내려왔다. 그리고 모두 은행으로 향했다. 그 앞에는 지미를 정거장까지 태우고 갈 마부 돌프 깁슨이 마차를 대기시키고 있었다.

지미를 포함한 일행은 조각품이 진열되어 있는 홀을 지나 은행 안으로 들어갔다. 물론 애덤스 씨의 장래 사위는 어디서나 환영을 받았기 때문에 그도 들어갔다. 애너벨 양과 결혼할 상냥하고 젊은 미남자가 인사를 하면 모든 은행원이 좋아했다. 지미는 가방을 내려놓았다. 행복에 겨워 마음이 들떠 있던 애너벨이 지미의 모자를 쓰고 가방을 집어들었다.

"근사한 출장 판매원 같지 않아요?"

애너벨이 물었다.

"어머나! 랄프, 금괴라도 든 것처럼 가방이 무겁네요."

"니켈로 도금한 구두주걱이 그 안에 가득 들었거든."

지미는 뻔뻔스럽게 대답했다.

"이걸 반품하려고. 내가 직접 들고 가면 운송비가 절약되지. 난 지독한 구두쇠가 됐소."

엘모 은행은 최근에 새 금고를 설치했다. 애덤스 씨는 그것을 아주 자랑스럽게 생각했으므로 가족에게 보여주고 싶어 했다. 금고는 자그마한 것이었으나 새로 특허를 받은 문이 달려 있었다. 금고에는 손잡이 하나로 동시에 조작할 수 있는 세 개의 빗장이 달려 있고 시한(時限) 자물쇠가 있었다. 애덤스 씨는 스펜서 씨에게 그 작동법을 웃으면서 설명해주었다. 스펜서 씨는 정중하면서도 쉽게 이해할 수 없다는 듯 설명을 듣고 있었다. 애너벨 양 언니의 두 딸 메이와 아가사는 반짝이는 금속과 재미있는 시계와 손잡이를 보고 즐거워했다.

그들이 이렇게 구경하고 있는 동안 벤 프라이스는 어슬렁어슬렁 은행 안으로 들어와서 팔꿈치로 기대서서 창살 사이로 슬며시 안쪽을 들여다보았다. 그는 은행원에게 별다른 용무가 있는 것이 아니라 누군가를 기다리고 있다고 말했다.

갑자기 여자들의 비명 소리가 한두 번 들리더니 소동이 일어났다. 어른들이 보지 않는 사이에 아홉 살 된 메이가 장난을 하느라고 아가사를 금고 안에 넣고 잠가버린 것이었다. 메이는 애덤스 씨가 하던 대로 빗장을 잠그고 손잡이까지 돌려버렸다.

늙은 은행가는 달려들어 손잡이를 잡아당겼다.

"열릴 리가 없지."

그가 신음하며 말했다.

"시한 장치도 자물쇠 번호도 맞춰놓지 않았단 말이야."

아가사의 어머니는 신경질적으로 다시 비명을 질렀다.

"조용히 해라!"

애덤스 씨가 떨리는 손을 올리며 말했다.

"모두들 잠깐 조용히 해. 아가사!"

그는 목청껏 소리를 질렀다.

"내 목소리 들리니?"

주위가 조용해지자 어린아이가 캄캄한 금고 속에서 공포에 떨며 미친 듯이 외치는 소리가 희미하게 들렸다.

"아가사!"

어머니가 울부짖었다.

"놀라서 죽을지도 몰라요. 문을 열어요! 오오, 부수고 열어요! 남자들이 어떻게 할 수 없어요?"

"리틀록에나 이 문을 열 수 있는 사람이 있는데."

애덤스 씨는 떨리는 목소리로 말했다.

"오, 하느님! 스펜서, 어떻게 하면 좋겠나? 저 안에서 오래 견디지 못할 텐데. 산소도 충분하지 않을 것이고 겁에 질려 경련을 일으킬 텐데."

아가사의 어머니는 이제 미친 듯이 두 손으로 금고 문을 두드렸다. 어떤 사람이 성급하게 다이너마이트를 쓰자고 했다. 애너벨은 지미에게 몸을 돌려 걱정의 빛이 완연하나 아직은 실망하지 않은 눈초리로 바라보았다. 여자란 자기가 존경하는 남자 앞에는 불가능한 것이 하나도 없다고 생각하게 마련이다.

"랄프, 어떻게 할 수 없어요? 해보세요!"

그는 이상하면서 부드러운 미소를 입가와 예리한 눈에 띠면서 그녀를 바라보았다.

"애너벨, 당신이 달고 있는 그 장미를 나에게 주지 않겠소?"

잘못 들은 게 아닌지 의아스럽게 생각하면서 그 여자는 옷깃에서 장미꽃을 뽑아 그의 손에 쥐어주었다. 지미는 그 꽃을 자기 조끼 주머니에 꽂더니 윗옷을 벗어던지고 셔츠 소매를 걷어올렸다. 이렇게 하자 랄프 스펜서는 사라지고 지미 발렌타인이 다시 등장했다.

"모두들 문에서 비켜서시오."

그가 명령했다.

그는 가방을 책상 위에 놓고 활짝 열었다. 그때부터 그는 주위에 사람이 있다는 것을 전혀 의식하지 못하는 것같이 보였다. 그는 일을 할 때면 항상 그랬듯이 휘파람을 불면서 번쩍번쩍하고 이상한 기구를 재빨리 그러나 질서 있게 내놓았다. 다른 사람들은 마치 마술에 걸린 듯이 꼼짝 못하고 숨도 못 쉬면서 그를 바라보았다.

곧 지미가 애용하던 송곳이 부드럽게 강철 문을 뚫고 들어갔다.

자신의 기록을 깨뜨리며 10분 만에 그는 빗장을 열고 금고 문을 열었다.

거의 기절한 상태였으나 아가사는 어머니의 품안에 안전하게 다시 안겼다.

지미 발렌타인은 윗옷을 입고 창살 밖으로 나와 출입문 쪽으로 걸어갔다. 그때 낯익은 목소리로 "랄프!" 하고 뒤에서 부르는 소리가 들렸다. 그러나 망설이지 않고 내처 걸었다.

문 앞에서 어떤 몸집이 큰 남자가 길을 막고 섰다.

"안녕하시오, 벤!"

지미는 아직도 이상한 미소를 지으며 말했다.

"결국 나를 잡았군, 그렇죠? 자, 갑시다. 이제야 아무러면 어떻소."

그런데 벤 프라이스는 아주 이상하게 행동했다.

"스펜서 씨, 사람을 잘못 보셨군요. 나는 선생이 누군지 모르겠는데요. 밖에 댁의 마차가 기다리고 있더군요."

이렇게 말하고 벤 프라이스는 돌아서서 천천히 거리를 걸어갔다.

경찰관과 찬송가

매디슨 광장에 있는 벤치에서 소피는 불안하게 몸을 움직였다. 기러기가 밤하늘을 높이 날며 울어대고, 모피 코트가 없는 부인들이 갑자기 남편에게 친절히 굴고, 소피가 공원에 있는 벤치에서 불안하게 몸을 움직일 때면 겨울이 눈앞에 다가온 것이다.

낙엽 한 잎이 소피의 무릎 위에 떨어졌다. 잭 프로스트라는 동장군(冬將軍)의 명함이었다. 이 잭 씨는 매디슨 광장의 단골 손님에게 아주 친절하게도 자신의 연례적 방문을 점잖게 미리 알린다. 네거리 모퉁이에서 그는 만인의 저택인 공원의 하인 북풍에게 자기 명함을 전하여 이곳을 찾는 단골 손님에게 겨울 날 준비를 하도록 예고하는 것이다.

소피는 다가온 혹한에 대비하여 단독으로 세입위원회 위원 노릇을 해야 할 시기가 왔다는 것을 인식하고 벤치 위에 앉아서 불안하게 몸을 뒤척이고 있었다.

소피의 피한(避寒) 계획은 대단한 것이 아니었다. 예를 들면 지중해로 여행을 떠난다든가, 졸리는 남국으로 피한을 간다든가, 베수비어스만으로 유람을 가려는 생각은 전혀 없었다. 그저 섬*에 가서 석 달 동안 지냈으면 하는 것이 그의 소망이었다. 석 달 동안 북풍이나 경찰관 손에서 벗어나 침식이 보장되는 곳에서 동지들과 어울려 지내는 것이 소피의 간절한 소망이었다.

수년 동안 이렇게 대접이 후한 블랙웰스섬**이 그의 겨울 숙소가 되었다. 겨울이 되면 부유한 뉴욕 사람들은 팜비치나 리비에라 행 차표를 사느라고 분주하지만, 소피는 섬으로 도피하기 위해 간단한 절차를 밟아야 했다. 이제 그러한 일을 해야 할 시기가 다시 온 것이다. 간밤에 그는 고색 창연한 광장의 분수대 옆에 있는 벤치에 누워 일요판 신문을 윗옷 밑에 깔기도 하고 발목과 무릎 위까지 덮기도 하고 잠을 잤지만 몸으로 스며드는 한기를 이겨낼 수가 없었다. 그러자 아늑한 그 섬의 모습이 소피의 마음속에 어렴풋이 떠올랐다. 그는 자선이라는 명목 아래 시가 극빈자들에게 베푸는 일들을 경멸했다. 소피의 생각에는 법이 자선보다 훨씬 더 자비로웠다. 간단한 침식을 얻을 수 있는 구호 기관은 시립이든 사설이든 얼마든지 있었다. 그러나 소피처럼 자존심이 강한 사람들에게는 자선의 선물이 달갑지 않았다. 그 대가로 정신적인 굴욕을 감당해야 했기 때문

---

* 뉴욕 형무소가 있는 섬.
** 뉴욕 형무소가 있는 섬의 옛 이름.

이다. 카이사르에게 브루투스가 따르듯이, 자선 기관에서 하룻밤을 자려면 강제 목욕이 반드시 따르고, 빵 한 조각을 얻어먹으려면 개인적인 질문에 꼬박꼬박 대답해야만 했다. 그래서 규칙의 제재를 받게 마련이지만, 사생활을 부당하게 간섭하지 않는 법의 신세를 지는 편이 차라리 더 나았다.

소피는 섬으로 가기로 마음을 결정하고 이 일을 즉각 실천에 옮기기 시작했다. 이런 일을 하는 데는 여러 가지 쉬운 방법이 있었다. 가장 유쾌한 방법은 값비싼 음식점에 가서 호화로운 식사를 한 다음 돈이 없다는 것을 밝히고 순순히 경찰관에게 인도되는 방법이다. 그러면 나머지 일은 친절한 즉결 재판소 판사가 처리해주게 되어 있다.

소피는 벤치에서 일어나 광장을 벗어나서 브로드웨이와 5번 가가 만나는 아스팔트 길을 가로질렀다. 그는 브로드웨이 쪽으로 돌아서서 휘황찬란한 어느 레스토랑 앞에서 발걸음을 멈췄다. 그곳은 최고급 포도주와 요리를 맛볼 수 있는 레스토랑이었다.

소피는 조끼 맨 아래 단추에서부터 위쪽으로는 누구한테나 자신 있었다. 면도는 말끔히 했고, 차림새도 그런 대로 조촐했다. 추수감사절 날 어떤 여자 선교사에게서 선물로 받은 말끔한 검정색 나비넥타이를 매고 있었으니 말이다. 만일 그가 의심받지 않고 레스토랑에 들어가서 앉기만 하면 일단 성공하는 셈이었다. 식탁 위로 보이는 그의 모습은 웨이터의 의심을 사지 않을 것이다. 그는 구운 청둥오리와 포도주, 치즈와 커피를 주문하고 시가 한 대를 피울 생각이었다. 시가 값은 1달러면 충분하고, 전부 합쳐봤자 카페 주인에게 봉변을 당할 정도의 계산이 나올 리는 없을 것이다. 그러면서도 그 정도를 먹으면 동계 피한지까지 배불리 즐겁게 갈 수 있을 것이다.

그러나 소피가 레스토랑 안으로 들어서자마자 꾸깃꾸깃한 바지와 형편없는 구두 꼴이 지배인의 눈에 띄었다. 지배인은 억세고 재빠르게 그를 돌려세우고 나서 아무 말도 없이 그를 길바닥으로 끌어내어, 불명예스럽게 목이 달아났을 청둥오리의 운명을 구제했다.

소피는 브로드웨이를 벗어났다. 아무래도 식도락을 즐기며 그가 열망하는 섬으로 가기는 어려울 것 같았다. 감옥으로 가는 길을 다른 방향에서 찾아야만 했다.

6번가 모퉁이에는 휘황한 전등불과 솜씨 있게 진열해놓은 상품으로 가득찬 진열장이 있었다. 소피는 작은 돌멩이 하나를 주워 들고 진열장 유리를 향해 내던져 박살을 냈다. 한 경찰관을 앞세우고 사람들이 달려왔다. 소피는 주머니에 손을 찌르고 태연히 서서 경찰관을 바라보며 미소짓고 있었다.

"범인은 어디 있소?"

경찰관이 흥분하여 물었다.

"내가 그 일하고 관련이 있다고는 생각하지 않으십니까?"

소피는 마치 행운이나 만난 듯이 약간 장난기어린 목소리로 친절하게 물었다.

경찰관은 소피가 이 일과 관련이 있다고 조금도 생각하지 않았다. 유리창을 깬 사람이 그대로 버티고 서서 경찰관하고 담판을 지으려고 할 리가 없기 때문이었다. 그런 사람은 즉시 도망치게 마련이다. 경찰관은 어떤 남자가 반 구획쯤 떨어진 곳에서 택시를 잡으려고 뛰어가는 것을 보았다. 그는 경찰봉을 빼들고 그 사람을 뒤쫓아갔다. 소피는 두 번이나 뜻을 이루지 못하자 마음이 상했다.

그 길 건너편에 별로 요란스럽지 않은 레스토랑이 하나 있었다. 그 레스토랑은 양은 많고 값은 싼 곳으로 그곳의 식탁용 제품은 모두 싸구려였다. 소피는 힐난의 대상이 된 구두와 바지를 입고도 아무 제재 없이 이 레스토랑에 들어갈 수 있었다. 그는 식탁에 앉아서 비프 스테이크, 핫케이크, 도넛, 파이 등을 시켜 먹고 나서 웨이터를 불러 자기는 돈이 한 푼도 없다고 말했다.

"자, 그러니 빨리 가서 경찰관 불러와요."

소피가 말했다.

"신사를 기다리게 하면 안 되지."

"당신 같은 사람에게 경찰관은 무슨 경찰관이야."

웨이터는 맨해튼 칵테일 속의 버찌 같은 눈을 부릅뜨며 버터 케이크 같은 목소리로 말했다.

"어이, 이리 좀 와봐!"

웨이터 두 사람이 소피를 끌고 나와 딱딱한 길바닥에 내동댕이쳤다. 그는 마치 목수가 자를 펴듯이 관절을 차례로 세우며 일어나서 옷에 묻은 먼지를 털었다. 피검(被檢)이란 한갓 장밋빛 꿈과 같아서 섬은 아주 멀리 떨어져 있는 것같이 보였다. 두어 집 건너에 있는 약방 앞에 서 있던 경찰관은 싱글벙글 웃으며 그냥 걸어가버렸다.

댓 블록쯤 걷고 나자 소피는 다시 피검을 자초해보고 싶은 용기가 났다. 이번에야말로 그가 멍청하게도 틀림없으리라고 생각한 기회가 온 것이다. 수수하면서도 산뜻한 옷을 입은 한 여인이 어떤 진열장 앞에서 진열해놓은 면도용 컵과 잉크 스탠드를 흥미롭게 바라보며 서 있었고, 거기서 2미터쯤 떨어진 곳에는 진지한 표정을 짓고 있는 키가 큰 경찰관이 서 있었다.

소피는 천하고 수치스러운 난봉꾼 짓을 해볼 작정이었다. 세련되고 우아한 모습의 여인에게 집적대면 근무에 충실한 경찰관이 옆에 있다가 유쾌하게 팔을 잡아챌 테니, 이번에는 틀림없이 그 작고 아늑한 섬에 있는 겨울 숙소로 가게 되리라고 그는 믿고 있었다.

소피는 여자 전도사가 준 나비넥타이를 고쳐 매고, 속으로 기어든 와이셔츠 소매를 밖으로 끌어낸 후에 모자를 멋있게 쓰고는 그 젊은 여인에게로 다가갔다. 그는 그 여자에게 추파를 던지며 헛기침을 했다. 소피가 눈을 가늘게 뜨고 보니 경찰관이 자기를 계속 응시하고 있었다. 젊은 여인은 몇 발자국 물러서더니 다시 면도용 컵을 골똘히 쳐다보고 있었다. 소피는 그 여자 곁으로 대담하게 다가가서 모자를 벗고 말을 붙였다.

"이봐, 베델리아! 우리 집에 가서 함께 놀지 않겠어!"

경찰관은 계속 바라보고 있었다. 이 여인이 봉변을 당할 경우 경찰관을 향해 손짓만 해도 소피는 섬에 있는 피한지로 가게 될 것이다. 그는 벌써 경찰서의 아늑한 분위기를 맛보는 듯 생각되었다. 젊은 여인은 그를 빤히 쳐다보더니 손을 내밀어 소피의 옷자락을 잡았다.

"그래요, 마이크."

그 여자는 기쁜 듯이 대답했다.

"맥주 한 잔 사주신다면야 좋죠. 벌써부터 당신에게 말을 걸고 싶었지만 경찰관이 노려보고 있어서 못 했어요."

소피는 떡갈나무에 매달리는 칡덩굴처럼 달라붙는 그 젊은 여자를 데리고 아주 우울하게 경찰관 곁을 지나갔다. 그는 타고난 자유인 같았다.

다음 모퉁이에 와서 그는 여자를 뿌리치고 달아났다. 그리고 나서 밤이면 가장 휘황찬란한 거리로 변하여 애인들이 모여 사랑을 속삭이고 가극 대본을 암송하는 장소에 도달했다. 모피 옷을 걸친 여인들과 커다란 외투를 입은 남자들이 찬바람 속을 즐겁게 걷고 있었다. 어떤 무서운 마력이 자기가 피검되는 일을 방해한 게 아닌가 하는 두려움이 소피를 갑자기 엄습했다. 그렇게 생각하자 그는 다소 당황했다. 그때 화려한 극장 앞을 거만하게 걷고 있던 다른 경찰관과 마주치자 그는 '질서 방해 행위'를 해야겠다고 생각했다.

소피는 보도 위에서 목쉰 소리로 횡설수설하며 주정을 하기 시작했다. 그는 껑충껑충 뛰며 춤도 추고, 소리도 지르고, 울부짖기도 하면서 소란을 피웠다.

경찰관은 곤봉을 휘두르다가 소피에게 등을 돌리며 한 시민에게 설명했다.

"이 사람은 예일대학교 학생인데, 예일대학교가 하트포드대학교를 이겼다고 저렇게 좋아 날뛰는 거예요. 시끄럽기는 하지만 해를 끼치지는 않아요. 그들을 그대로 내버려두라는 지시를 받았어요."

실망한 소피는 효력이 없는 소동을 포기했다. 도대체 경찰관은 왜 자신을 체포하지 않는 것일까? 그의 생각에 그 섬은 도저히 접근할 수 없는 유토피아 같았다. 그는 찬바람을 막느라고 얇은 윗옷의 단추를 잠갔다.

담배 가게에서 옷을 잘 차려입은 한 신사가 담뱃불을 붙이고 있는 것이 보였다. 그는 문 입구에 명주 우산을 놓아두었다. 소피는 안으로 들어가 우산을 집어들고 천천히 걸어나왔다. 담뱃불을 붙이던 사람이 허둥지둥 쫓아왔다.

"그건 내 우산이오."

그는 엄중하게 말했다.

"아, 그래요?"

소피는 비꼬듯 대꾸했다. 그리고 절도를 저지른 데다가 모욕적인 언사를 덧붙였다.

"그런데 왜 경찰관을 부르지 않소? 내가 당신의 우산을 훔쳤는데도 왜 경찰관을 부르지 않는 거요? 저 모퉁이에 경찰관이 서 있소."

우산 주인은 발걸음을 늦추었다. 소피도 같이 발걸음을 늦추었다. 이번에도 행운이 자기에게 찾아오지 않는구나 하는 예감이 들었다. 경찰관은 이상하다는 듯이 두 사람을 쳐다보았다. 우산 주인이 말했다.

"아시다시피 이런 실수는 자주 일어나죠. 이것이 댁의 우산이라면 용서하십시오. 오늘 아침 어느 레스토랑에서 주웠습니다. 이것이 댁의 우산인 것만 확인된다면야, 저기 제발……."

"틀림없이 제 것입니다."

소피는 심술궂게 말했다.

이렇게 되자 우산의 이전 소유자는 물러났다. 경찰관은 두 블록 밖에서 다가오는 전차 앞으로 길을 건너, 야회복 차림에 키가 후

리후리한 금발 미녀를 도와주려고 서둘러 갔다.

  소피는 도로 보수 공사를 하기 위해서 파헤쳐놓은 거리를 걸어가다가 그 구덩이 속으로 우산을 던져버렸다.

  그는 헬멧을 쓰고 곤봉을 차고 다니는 경찰관에게 투덜투덜 욕을 했다. 그는 경찰관에게 잡히고 싶은데, 그들은 그를 잘못이라고는 저지를 수 없는 왕처럼 생각하는 것 같았기 때문이었다.

  드디어 소피는 동쪽으로 뻗어 있는 한 거리에 다다랐다. 그곳은 어두컴컴하고 조용했다. 그는 매디슨 광장으로 향하고 있었다. 비록 집이라는 것이 공원 벤치일망정 귀소본능은 그대로 살아 있는 것이다.

  그러다 소피는 아주 조용한 어느 길모퉁이에서 발걸음을 멈추었다. 그곳에는 낡고 보잘것없는 교회가 있었다. 보랏빛 창문으로 부드러운 불빛이 새어나오고 안에서는 오르간 연주자가 다음 주일에 연주할 찬송가를 연습하고 있었다. 아름다운 음악이 흘러나오자 소피는 매혹되어 철책의 나사형 장식에 기대었다.

  달은 머리 위에서 맑게 빛나고 있었다. 지나가는 자동차나 보행자도 거의 없었다. 게다가 참새들은 처마 밑에서 졸린 듯이 재잘거리고 있어서 바로 시골 교회의 정경을 이루고 있었다. 오르간 연주자가 연주하는 찬송가를 듣자 소피는 철책을 떠날 줄 몰랐다. 왜냐하면 어머니와 장미, 이상과 친구들이 있고, 생각도 순박했던 어린 시절에 들었던 이 찬송가를 그가 잘 알고 있기 때문이었다.

  감수성이 강한 소피의 심리 상태와 오래된 교회에서 우러나오는 감동이 영합하여 그의 영혼에 갑작스럽기는 하지만 훌륭한 변화가 일어났다. 그는 자기가 빠져들었던 깊은 구덩이와 자기의 생활을 이루고 있는 타락한 나날, 무가치한 욕망, 끝장난 희망, 못 쓰게 된 재능, 비열한 동기 들을 생각하자 갑작스럽게 몰려오는 두려움으로 몸을 떨었다.

그러자 곧 그의 마음속에서는 이 신기한 감정에 맞추어 강렬한 감동이 일어났다. 그는 자기의 절망적인 운명과 싸우고 싶은 순간적이고도 강한 충동을 느꼈다. 그는 오욕의 생활에서 벗어나고 싶었고, 다시 인간다운 인간이 되고 싶었고, 자신을 에워싸고 있는 악을 딛고 일어서고 싶었다. 시간적 여유는 있었다. 그는 아직도 비교적 젊었다. 과거의 정열적인 야망을 되찾아 비틀거리지 않고 끝까지 추구하고 싶었다. 이 엄숙하면서도 달콤한 오르간 연주가 그의 마음속에 변혁을 가져오게 했던 것이다. 그는 내일 벅적거리는 시내로 들어가서 일자리를 찾기로 마음먹었다. 모피 수입업자가 운전사 자리를 마련해주겠다고 한 적도 있었다. 내일 그를 찾아서 그 자리를 부탁해보리라고 생각했다. 그러면 그도 이 세상에서 떳떳한 사람이 될 것이다. 소피는 누군가가 자기 팔을 잡는 것을 느꼈다. 그가 몸을 홱 돌려보니 얼굴이 넓적한 경찰관이었다.

"여기서 무엇을 하는 거요?"

경찰관이 물었다.

"아무것도 안 하는데요."

소피가 대답했다.

"그러면 따라오시오."

경찰관이 말했다.

다음날 아침 즉결 재판소의 판사가 판결을 내렸다.
"섬에서 금고 3개월."

가구가 딸린 셋방

붉은 벽돌집이 늘어선 서쪽 지역에는 많은 사람들이 변하는 시간처럼 계속해서 셋방을 들고나고 있었다. 그곳에는 수많은 셋집이 있어서, 여럿이 이 셋방에서 저 셋방으로 옮겨다녔다. 거처를 옮기다 보면, 마음도 따라 옮겨지게 마련이다. 그들은 〈즐거운 나의 집〉을 래그타임 조로 부르고, 가정의 수호신을 종이 상자에 넣고 다녔다. 그들에겐 모자에 그린 그림이 담쟁이덩굴 역할을 하고, 고무나무 화분이 무화과나무 구실을 했다.

이와 같이 이 지역에는 수많은 사람들이 살고 있기 때문에 신통하지는 않지만 자연히 허다한 이야깃거리가 있게 마련이다. 유랑하는 손님을 따라 유령 한둘쯤 발견되지 않는다면 오히려 이상한 일이 아닐 수 없다.

어둠이 깃든 어느 날 저녁, 한 젊은 남자가 이 허술한 붉은 벽돌집을 돌아다니며 초인종을 눌렀다. 그는 열두 번째 집에 와서, 계단 위에 초라한 손가방을 놓고 모자와 이마에 묻은 먼지를 털었다. 초인종 소리가 좀 떨어져 있는 빈 방 쪽에서 작게 울렸다.

그가 초인종을 누른 이 열두 번째 집 현관에 어떤 부인이 나왔다. 그 여자는 호두 속을 깨끗이 파먹고 나서 다시 그 비어 있는 자리에 먹이를 채워넣으려는 해충을 연상시키는 사람이었다.

그는 세를 놓을 방이 있냐고 물었다.

"들어오세요. 일주일 전부터 비어 있는 방이 3층 뒤쪽에 있는데 한번 보시겠어요?"

부인은 잔털이 난 목구멍에서 나오는 듯한 목소리로 대답했다.

젊은 사람은 그 여자를 따라 층계를 올라갔다. 어디에선가 희미한 빛이 새어들어 주위를 다소 환하게 만들었다. 그들은 융단이 깔린 층계를 소리 없이 계속 올라갔다. 그 융단은 원형을 알아볼 수 없을 정도로 낡아서 마치 푸성귀처럼 보였다. 게다가 햇빛을 받지 못해 군데군데 이끼가 끼어 발을 디딜 때마다 유기물을 밟은 듯 끈적끈적했다. 모퉁이마다 벽에는 빈 벽감이 있었다. 전에는 그 안에 화분이 들어 있었을지도 모르지만 만약 있었다 해도 고약하게 썩은 공기 때문에 시들어 죽었을 것이다. 어쩌면 성도들의 조상(彫像)이 있었는지도 모른다. 그렇다면 귀신과 악마가 그것들을 어둠 속에서 끌어내려 부정한 지옥의 셋방으로 옮겨놓았을 것이다.

"이 방이에요."

부인은 잔털이 난 목구멍에서 나오는 소리로 말했다.

"좋은 방이죠. 비어 있을 때가 별로 없어요. 지난 여름에는 아주 훌륭한 분들이 계셨죠. 말썽이라고는 전혀 없었어요. 방세는 제때에 선불을 했죠. 스프롤즈와 무니가 3개월 동안 있었는데, 그들은 희극 배우였죠. 블레터 스프롤즈 양의 이름은 들은 적이 있을 거예요. 예명이라고 하더군요. 가스 꼭지는 여기 있고, 수도는 이 마루 끝에 있어요. 옷장이 참 크지요. 누구나 이 방을 좋아해요. 비어 있을 때가 거의 없답니다."

"연극하는 사람들이 여기 많이 오나요?"

젊은 남자가 물었다.

"그런 사람들이 들었다 나갔다 하죠. 우리 집에 세를 드는 사람들 중 대부분이 연극하는 사람이에요. 여기는 극장이 밀집되어 있는 곳이니까요. 배우들이란 어디서든 오래 머무르지 않잖아요. 우리 집도 예외는 아니죠."

그는 일주일 분의 방세를 미리 주겠다고 말하고 방 계약을 했다. 그가 피곤하니 당장 방을 쓰겠다고 말하며 돈을 지불하자 수건도 물도 다 준비되어 있다고 부인이 말했다. 그 여자가 막 나가려고 할 때, 그는 혀끝에서 수없이 맴돌던 질문을 결국 해버렸다.

"여기 세들었던 사람들 중에 바슈나 양이라는 젊은 아가씨가 혹시 없었나요? 엘로이즈 바슈나요. 무대에서 노래를 불렀을 텐데요. 아주 예쁜 아가씨죠. 적당한 키에 호리호리하고, 불그스름한 금발 머리에 왼쪽 눈썹 옆에 검은 점이 하나 있죠."

"모르겠는데요. 그런 이름은 기억이 안 나요. 연극인들은 방을 옮길 때마다 이름도 바꾸지요. 그들은 그저 들락거릴 뿐이라서 기억에 없네요."

언제나 모른다는 대답뿐이었다. 5개월 동안이나 계속해서 묻고 다녔지만 한결같이 모른다는 것이었다. 매일같이 낮에는 지배인, 중개업자, 학교, 합창단 등을 찾아다녔고 밤이면 인기 배우가 등장하는 대극장에서부터 소극장까지 수소문을 했으나 헛수고였다. 싸구려 소극장까지 찾아다니다 보니 그녀를 그런 곳에서 만날까 봐 오히려 걱정이 됐다. 그는 그녀를 열렬히 사랑했으므로 애타게 찾고 있었다. 그녀가 집을 나간 후에도, 물로 둘러싸인 이 대도시 어디엔가 그녀가 있으리라고 확신했다. 그러나 이런 일은 마치 밑바닥이 없는 거대한 모래 흐름이 모래알을 끊임없이 밀어내면서 오늘은 위에 있는 모래를 내일은 찐득찐득한 늪 속으로 묻어버리는 것과 같은 것이다.

이 가구가 딸린 셋방은 마치 매춘부의 속없는 웃음처럼 까칠하고, 정이 없고, 닳고 닳은 모습으로 새 손님을 받았다. 낡은 가구, 거의 다 헤진 소파와 의자의 비단 커버, 옷장 사이에 걸린 30센티 크기의 싸구려 거울, 금박을 칠한 한두 개의 사진들, 그리고 방구석에 놓여 있는 놋쇠 침대, 이러한 것들이 반사하는 빛 속에 겉치레 위안을 띠고 있었다.

손님이 의자에 힘없이 기대고 있는 동안, 이 방은 마치 바벨탑에 있는 방이 그러했듯이 알아들을 수 없는 소리로 여기에 살았던 여러 사람들에 대한 이야기를 하려는 듯 보였다.

화려한 빛깔의 융단이 때 묻은 가장자리가 마치 일렁이는 바다인 양 둘러져 있었다. 벽지를 바른 벽에는 집 없이 이 집 저 집으로 옮겨 다니는 사람들을 그린 그림들이 걸려 있었다. 〈신교도 옹호자들〉,

〈첫 싸움〉, 〈결혼 성찬〉, 〈샘가의 소녀〉. 아마존 무용단원의 허리처럼 유연하게 늘어진 커튼이 윤곽이 짙은 벽난로를 가리고 있었다. 그 위에는 셋방살이를 하던 사람들이 행운의 돛을 달고 새 항구로 떠날 때 버리고 간 쓸모없는 물건, 즉 허름한 한두 개의 꽃병, 여배우 사진, 약병, 카드 장들이 흩어져 있었다.

 이 셋방에 들었던 사람들이 남긴 조그마한 흔적 하나 하나가 어떤 의미를 설명해주었다. 화장대 앞의 다 헤진 융단은 예쁜 아가씨들이 몰려들었다는 것을, 벽에 난 작은 손가락 자국은 어린 포로들이 햇빛과 신선한 공기를 찾아헤매었다는 것을 말해주고 있었다. 사방으로 퍼진 얼룩은 내용물이 들어 있는 유리잔이나 병을 벽에 던져 박살낸 일이 있었다는 것을 설명해주었고, 벽거울 위에는 누군가가 금박으로 '메리'라고 휘갈겨 써놓았다. 이 방에 들었던 사람들이 속되게 화려한 이 방의 냉대 때문에 화가 치밀어서 화풀이를 한 것처럼 보였다. 가구는 한 군데도 성한 데가 없었다. 용수철이 뒤틀린 채 치솟아 있는 긴 의자는 기괴한 경련을 앓다가 죽은 무서운 괴물처럼 보였다. 무슨 힘이 작용했는지 대리석 벽난로는 큰 조각이 떨어져 나가 있었다. 마룻바닥도 조각마다 제 나름대로 고통을 겪었는지 비명과 신음의 흔적이 있었다. 잠시나마 이 방을 자기 집으로 삼고 살았던 사람들이 이런 상처를 남겨놓았다고 믿기는 어려웠다.

 어쩌면 이 방이 자기 것이 아니라는 것을 깨닫고 화가 나서 망가뜨렸는지도 모른다. 비록 오막살이더라도 그것이 자기 집이면 닦고 가꾸고 아꼈을 것이다.

이 젊은이가 의자에 앉아 이러한 생각들을 마음속으로 엮어가는 동안 전에 살던 사람들의 음성과 체취가 방 안으로 번져왔다. 어떤 방에서는 참을 수 없어 되는 대로 킬킬대는 웃음소리가 들렸고, 이 방 저 방에서 혼자 야단법석을 떠는 소리, 주사위 놀이 소리, 자장가 소리, 우는 소리가 들렸다. 위층에서는 흥겹게 연주하는 밴조 소리도 들렸다. 어디선가 문을 닫는 소리가 쾅쾅 들렸고, 기차 소리가 간헐적으로 울렸고, 고양이 한 마리가 뒷담 위에서 청승맞게 야옹댔다. 그리고 그는 축축한 방 안의 악취, 지하실의 곰팡이 냄새와 마루가 썩는 고약한 냄새가 뒤범벅이 된 악취를 들이마시고 있었다.

그가 마루 썩는 냄새와 곰팡이 냄새가 뒤범벅된 악취를 들이마시며 쉬고 있는데, 느닷없이 물푸레나무의 강렬하면서도 달콤한 향기가 방 안을 가득 채웠다. 그 향기는 한 줄기 바람에 실려오는 것이었으나 강렬하고, 향기롭고, 뚜렷하여 살아 있는 방문객처럼 느껴졌다. 그 젊은이는 누가 자기를 부르기라도 한 듯이 "여보, 무슨 일이오?"라고 소리를 높여 물으면서 벌떡 일어나 두리번거렸다. 그 풍요한 향기는 그에게 매달리면서 온몸을 감쌌다. 그는 그 향기를 잡으려는 듯이 팔을 뻗었다. 그는 매우 혼란스러웠다. 어떻게 감히 향기가 사람을 부를 수 있겠는가? 하지만 소리가 들린 것만은 틀림없었다. 자기를 건드리고 애무까지 해준 것은 분명히 소리였다.

"바슈나가 이 방에 살았구나."

그는 이렇게 소리치며 벌떡 일어서서 어떤 증거를 찾아내려고 애썼다. 그녀가 갖고 있었거나 만졌던 것이면 아주 작은 물건이라도 알아낼 수 있으리라고 그는 생각했던 것이다. 휘감는 듯한 이 물푸레나무 향기. 그녀가 그토록 좋아해서 자신의 것이 되어버린 그 향기는 도대체 어디서 흘러나오는 것인가?

방 안은 대충 정리되어 있었다. 얇은 화장대보 위에는 여섯 개의 머리핀이 흩어져 있었으나 여자들이 평소에 사용하는 것이기 때문에 원래 주인의 마음이나 가지고 있던 때를 도저히 구별해낼 수 없는 것이었다. 그는 주인을 알아낼 길이 없다는 것을 알고 아예 거들떠보지도 않았다. 그는 화장대 서랍을 뒤지다가 누군가 버리고 간 작고 초라한 손수건을 발견했다. 그는 그 손수건을 얼굴에다 댔다가 헬리오트로프 향내가 나자 마루에 던져버렸다. 다른 서랍에는 이상한 단추 몇 개, 극장 프로그램, 전당표, 꿈풀이 책 등이 있었다. 마지막 서랍에서 공단으로 된 검정색 머리 리본을 찾아낸 그는 멈칫하면서 차분함과 흥분 사이를 오락가락했다. 그러나 공단으로 된 검정색 리본도 여자들이 보통 쓰는 장식물이라서 아무 소용이 없었다.

그러고 나서 그는 냄새를 맡는 사냥개처럼 방 안을 가로지르며 그녀의 흔적을 찾기 위해 벽을 스쳐보기도 하고, 융단이 불룩한 구석마다 엎드려 들춰보기도 했다. 벽난로, 식탁, 커튼, 옷걸이, 술에 취한 듯 비스듬하게 놓여 있는 캐비닛 등을 샅샅이 뒤져보았으나 모두가 허사였다. 그녀가 섬세한 감각으로 그에게 바싹 붙어 강렬하게 애원하며 불렀기 때문에, 거친 그의 감각으로도 그 소리를 감지할 수 있었으나 어디에서도 그녀의 흔적을 찾아낼 수가 없었다.

"그래, 여보!"

그는 큰 소리로 대답하면서 돌아서 눈을 부릅뜨고 허공을 응시했다. 아직도 그는 물푸레나무 향기 속에서 형태, 빛깔, 사랑, 뻗은 팔 등을 구별할 수 없었다.

"오, 하느님! 이 향기는 어디서 흘러오는 것이며, 언제부터 이 향기가 소리내어 불렀습니까?"

그는 방 안 구석구석을 찾아헤맸다.

갈라진 틈과 구석을 뒤졌으나 병마개와 담배만 몇 개 나왔다. 그는 이러한 것들에는 관심도 두지 않고 그대로 내버려두었다. 그러다 융단이 접힌 곳에서 반쯤 피다 버린 시가가 나오자 되지도 않는 욕을 퍼부으며 발뒤꿈치로 비비댔다. 그는 이 끝에서 저 끝까지 온 방 안을 뒤졌다. 많은 뜨내기 셋방살이꾼들이 남기고 간 비루하고 쓸쓸한 물건들이 발견되었지만, 그가 찾고 있는 여자, 여기에 세를 들었을지도 모르는 여자, 그 영혼이 머리 위에서 맴돌고 있는 것 같은 여자의 흔적은 하나도 발견하지 못했다.

그는 귀신이 나올 듯한 방에서 나와 아래층으로 뛰어 내려가서 문틈에서 불빛이 새어나오는 방 앞에 멈추었다. 노크 소리에 여주인이 나왔다. 그는 애써 흥분을 가라앉혔다.

"내가 오기 전에 그 방에 누가 살았나요?"

그는 탄원하듯 물었다.

"궁금하시다면 다시 말씀드릴게요. 아까 이야기한 것처럼 스프롤즈와 무니에요. 블레터 스프롤즈란 예명이고 사실은 무니 부인이죠. 우리 집에는 점잖은 사람들이 들기 때문에 평판이 좋아요. 그 아가씨는 결혼 증서를 액자에 넣어 못에 걸어두었죠."

"내 말은 스프롤즈 양의 외모가 어땠냐는 것입니다."

"글쎄, 검은 머리칼에 키가 작고 몸집이 단단했죠. 코는 좀 익살스러웠고. 지난 주 목요일에 떠났어요."

"그들이 오기 전에는 누가 살았나요?"

"운수업을 하는 독신 남자요. 한 주일쯤 살다가 바로 떠났죠. 그 전에는 클라우더 부인이 어린아이 둘을 데리고 4개월 동안 살았죠. 그 전에는 도일 씨라는 어떤 노인이 살았어요. 그의 아들들이 방세를 내주었죠. 그 노인은 여섯 달 동안 살았어요. 이렇게 되면 1년이 되는데 그 이상은 기억이 안 나는데요."

그는 고맙다는 말을 남기고 자기 방으로 돌아왔다. 방은 죽은 듯 조용했다. 그 방에 생기를 불어넣던 물푸레나무 향기는 사라지고 그 대신 곰팡이 낀 가구와 통풍이 안 된 공기의 퀴퀴하게 썩은 냄새만이 진동했다.

그녀를 찾겠다는 가냘픈 희망이 사라지자 그의 신념도 동요했다. 그는 노란 빛을 띠며 흔들거리는 가스등을 멍하니 쳐다보며 앉아 있었다. 그는 조금 있다가 침대로 걸어가서 홑이불을 갈기갈기 찢기 시작했다. 칼끝으로 홑이불 조각을 창과 문틈에 꼭꼭 틀어막았다. 이 모든 일이 완벽하고 철저하게 끝나자, 그는 등불을 끄고 가스를 완전히 틀어놓은 다음 기분 좋게 침대 위에 드러누웠다.

그날 밤은 매클 부인이 맥주를 가져갈 차례였다. 그래서 그녀는 맥주통을 들고, 벌레가 기어다니기는 하지만 동네 아주머니들이 모이는 토굴 같은 방으로 가서 퍼디 부인과 마주 앉았다.

"오늘 저녁에 3층 뒷방을 세놓았어요."

퍼디 부인은 거품이 일어나는 맥주 잔을 앞에 놓고 말했다.

"젊은 사람이 들었는데 두 시간 전에 자러 올라갔어요."

"그래요, 퍼디 부인?"

매클 부인은 칭찬하는 투로 크게 말했다.

"그런 방을 세놓다니 대단하시네요. 그래 그 사람에게 그 이야기는 했수?"

그 여자는 비밀이라도 있는 듯이 목쉰 소리로 소곤소곤 말했다.

"방이란 세놓으라고 있는 것이잖아요. 말 안 했어요, 매클 부인."

"부인 말이 맞아요. 세를 놓아야 먹고 살죠. 부인은 옳은 사업관을 갖고 있어요. 그 침대에서 자살했다는 소리를 들으면 누가 세를 들겠어요."

"부인이 말했듯이 우리도 먹고 살아야 되잖아요?"

퍼디 부인이 말했다.

"그럼요, 사실이지요. 그러니까 3주일 전 바로 오늘 우리가 함께 그 3층 뒷방을 치웠죠. 예쁜 아가씨가 가스를 틀어 자살을 하다니, 얼굴이 자그마하니 귀여웠죠, 퍼디 부인."

"그래요, 예쁘장했죠."

퍼디 부인은 동의하면서도 다소 비판적이었다.

"왼쪽 눈썹 옆에 까만 점만 없었다면야 예뻤죠. 매클 부인, 한 잔 더 따라주세요."

구두쇠 애인

그 '거대한 상가'에는 3천 명의 아가씨가 있었다. 메이지는 그 중의 한 아가씨였다. 열여덟 살인 메이지는 신사용 장갑을 파는 아가씨였다. 이곳에서 일을 하면서 그녀는 두 종류의 사람에 관해서 정통하게 되었는데, 하나는 백화점에서 장갑을 사가는 남자들이었고, 다른 하나는 돈 없는 남자에게 장갑을 사다주는 여자들이었다. 인간에 대한 이 같은 폭넓은 식견 이외에 메이지에게는 다른 지식이 있었다. 2,999명의 나머지 아가씨들이 공표하는 지혜의 말을 잘 들어두었다가, 말타섬의 회색 고양이만큼이나 조심성 있고 비밀스러운 자기 머릿속에 쌓아두었던 것이다. 아마도 지혜로운 조언자가 없을 것을 염려하여 하느님께서 그녀의 미모에 영특한 자질을 배합하셨나 보다. 하느님께서 귀한 털로 치장한 은빛 여우에게 지혜까지 내리시어 다른 동물을 앞지르도록 한 것이다.

메이지는 아름다웠다. 메이지는 짙은 금발에, 부유한 가정에서 곱게 자란 고상한 숙녀의 차분한 몸가짐을 하고 이 '거대한 상가'의 카운터 뒤에 서 있었다. 손님이 장갑의 크기를 재려고 손을 줄자 위에 올려놓을 때, 그는 청춘의 여신 헤베가 생각날 것이다. 그리고 다시 한 번 눈을 들어 그녀를 바라보면 지혜의 여신 미네르바의 눈이 생각날 것이다.

매장 주임이 보지 않으면, 메이지는 투티 푸르티 젤리를 씹었다. 그의 눈길이 자기 쪽을 향하면 먼 하늘을 바라보는 듯이 눈을 들고 함초롬히 미소를 지었다.

이것이 바로 여점원의 미소이다. 사랑의 큐피드가 손짓을 해도 마음이 캐러멜처럼 스르르 녹지 않을 만큼 굳세고 냉담하지 않다면 누구나 이런 미소를 피하는 편이 좋을 것이다. 이 웃음은 메이지의 휴식이지 상점의 것이 아닌데도, 매장 주임은 제 몫이라고 생각한다. 그는 이 상가의 샤일록이다. 여기 기웃 저기 기웃 하며 돌아다닐 때 그의 콧날은 마치 세리의 콧날 같다. 은근한 눈길을 기대하면서 그는 어여쁜 아가씨를 쳐다보는 것이다. 물론 모든 매장 주임이 이런 것은 아니다.

어느 날 화가이자 백만장자요, 시인이자 여행가인 어빙 카터가 우연히 이 '거대한 상가'에 들렀다. 그의 방문은 자발적인 것이 아니었다. 어머니가 청동과 테라코타 조각품에 넋을 잃고 있었기 때문에 자식된 도리로서 어쩔 수 없이 끌려온 것이었다.

카터는 잠시 시간을 보내려고 어슬렁거리다가 장갑 파는 곳까지 왔다. 장갑을 사야겠다는 생각은 순수한 것이었다. 장갑을 끼고 나온다는 것을 잊었던 것이다. 게다가 장갑을 파는 상점에서 남녀 사이에 어떤 사건이 벌어진다는 것은 들어보지도 못한 터이므로 그의 행동은 변명할 필요조차 없는 것이었다.

운명의 문턱 한 발짝 앞에서 그는 잠시 망설였다. 지금까지 미처 모르고 있었던 큐피드의 그다지 고상하지 못한 소행을 갑자기 알아차린 것이다.

옷을 잘 차려입은 싸구려 놈팡이 서넛이 장갑을 중매쟁이 삼아 카운터에 기대 있고, 이들이 꼴 사나운 수작을 건네자 점원 아가씨들은 유쾌한 듯이 깔깔거렸다. 카터는 돌아서고 싶었지만 이미 때가 너무 늦었다. 카운터 뒤에서 메이지가 남쪽 바다에 떠내려온 빙산 위에서 반짝이는 여름 햇살처럼 서늘하고, 아름답고, 따뜻한 푸른 눈에 할 말이 있는 듯한 표정을 담고 그에게 도전해온 것이다.

그러자 화가이자 백만장자요 그 외에 여러 가지인 어빙 카터의 귀족적인 창백한 얼굴에 뜨거운 무엇이 솟구쳤다. 부끄러워서 낯을 붉힌 것이 아니었다. 그것은 근원적으로 이지적인 것이었다. 그는 다른 카운터 뒤에서 깔깔대는 아가씨들에게 추근거리는 기성품 젊은이들의 대열에 자기도 섞여 있음을 금세 깨달았다. 자신도 장갑을 파는 아가씨의 호감을 샀으면 하는 열망을 가슴에 품고, 참나무 카운터를 큐피드가 마련해준 밀회 장소로 삼아 몸을 기대었다. 그는 이제 그저 그런 놈팡이에 지나지 않았다. 그 순간 그는 갑자기 이들 한량들에게 너그러운 마음이 생기면서 그를 키워온 모든 예의범절에 대한 대담한 경멸감이 솟구쳤다. 그는 흠잡을 데 없이 완전 무결한 인간을 자기 소유로 만들리라고 단단히 결심했다.

포장지에 싼 장갑을 받고 대금을 지불한 다음 카터는 잠시 망설였다. 메이지의 장밋빛 입술 가장자리에 보조개가 깊이 파였다. 장갑을 산 신사들은 모두들 꼭 이런 식으로 머뭇거린다. 그녀의 팔이 블라우스 소매 속에서 영혼의 신 푸시케의 날개 모양으로 곡선을 그렸다. 그녀는 한쪽 팔꿈치를 진열장 위에 올려놓았다.

일찍이 카터에게는 이처럼 자기 자신을 주체할 수 없는 순간이 없었다. 이제 그는 놈팡이들보다도 훨씬 난감했다. 그는 아름다운 상점 아가씨를 직접 대면할 기회를 가진 적이 없었다. 그의 머릿속은 책에서 읽고 사람들에게서 들은 상점 아가씨의 성품과 습관을 기억해내느라고 부산했다. 불현듯 이런 여자들은 예의 바른 소개말에 그다지 엄격하게 매달리지 않는다는 생각이 들었다. 이 아름답고 풋풋한 처녀에게 예의에 좀 어긋나더라도 만날 약속을 제안해볼까 하고 생각하자 가슴이 마구 뛰었다. 그러나 뛰는 가슴이 그에게 오히려 오기를 주었다.

막연하고 일반적인 이야기들을 몇 마디 친절하게 주고받은 다음, 그는 명함을 꺼내어 카운터에 놓인 그녀의 손에 쥐어주며 이렇게 말했다.

"너무 무례하다면 용서하십시오. 제게 다시 당신을 만날 수 있는 기쁨을 허락해주시기를 진정으로 바랍니다. 제 이름은 명함에 적혀 있습니다. 제가 당신과 친밀한, 아니 당신과 알고 지내는 사이가 될 수 있다면 더 큰 영광이 없겠습니다. 진심입니다. 그런 영광을 기대해도 되겠습니까?"

메이지는 남자를 잘 알았다. 특히 장갑을 사가는 남자라면 말할 것도 없었다. 그녀는 조금도 주저하지 않고 솔직하게 그의 눈을 응시하며 웃으며 말했다.

"물론 기대하셔도 되지요. 잘 모르는 남자와 외출하는 것은 숙녀답지 못한 행동이긴 하지만 말이에요. 언제 다시 만날까요?"

"빠르면 빠를수록 좋습니다. 아가씨 댁에 찾아가도 된다면……."

메이지의 웃음소리가 노랫가락 같았다.

"아, 아니에요. 아니에요!"

그녀는 힘주어 말했다.

"우리 집 사는 형편을 보시겠다니! 방 셋에 다섯 식구가 살아요. 제가 신사 친구분을 데려가면 엄마의 얼굴이 어떻게 되실까……."

"그렇다면 편하신 곳 아무 데서나 만나지요."

카터는 완전히 반해 있었다.

복숭아빛 얼굴에 총기가 넘치는 표정을 하며 메이지가 제안했다.

"그럼, 목요일 밤이 적당할 것 같아요. 7시 반에 8가와 48가 사이의 길모퉁이로 오세요. 집이 바로 그 근처예요. 저는 11시까지는 집에 들어가야 해요. 안 그러면 엄마한테 꾸중 들어요."

카터는 약속을 꼭 지키겠노라고 말하고 나서 서둘러 어머니가 있는 곳으로 갔다. 그녀는 아르테미스 청동상을 사달라고 하려고 두리번거리며 아들을 찾고 있었다.

눈이 작고 코가 툭 불거진 여점원 하나가 악의 없는 곁눈질을 보내며 메이지에게 다가왔다.

"얘, 너 그 높으신 어르신네의 마음에 들었나 보다?"

그녀가 스스럼없이 물었다.

"그 손님 이야기가, 한번 만나줄 수 있냐는 거야."

메이지가 카터의 명함을 블라우스 안주머니 속으로 밀어넣으면서 의젓하게 대답했다.

"만나줄 수 있냐고!"

작은 눈의 아가씨가 키득거리면서 말을 받았다.

"월도로프 호텔 레스토랑에서 저녁을 한턱 내고, 식사 후에는 자기 차로 드라이브를 시켜준다던?"

"얘, 그만둬!"

메이지가 지겨운 듯이 말했다.

"너는 뭐 항상 고급으로만 논 것처럼 그러더라. 언젠가 그 소방차를 운전하는 사람과 함께 나가서 싸구려치고 좀 괜찮은 레스토랑에서 한 차례 얻어먹더니 머릿속이 고급으로 꽉 찼단 말이야. 그 사람은 월도로프 호텔은커녕 그 비슷한 것도 입에 올리지 않았어. 명함을 보니 주소가 5가거든. 저녁을 사더라도 주문 받는 웨이터에게 쥐꼬리만 한 팁도 안 줄 거야. 틀림없이."

카터는 어머니와 함께 '거대한 상가'를 나와 자신의 자동차에 미끄러지듯이 올라타면서 입술을 지그시 깨물었다. 가슴에 둔중한 아픔이 느껴졌다. 스물아홉 살에 처음으로 사랑의 문을 두드린 것을 깨달았다. 그는 그 사랑의 상대가 그처럼 순순히 자기와 맺은 약속을 믿어도 되는가 하는 의구심으로 괴로워했다.

카터는 점원 아가씨를 몰랐다. 그네들이 사는 집이라는 것이 겨우 몸을 움직일 만한 작은 방 한 칸이거나 아니면 일가친척이 모여 북적거리는 허름한 집이라는 것을 전혀 모르고 있었다. 길모퉁이가 거실이고, 공원이 응접실, 거리는 정원 사이에 난 길이다. 그러나 대체로 휘장이 드리워진 저택의 내실은 귀부인이 주인이듯이, 여점원은 여점원대로 이 거리의 모퉁이나 공원에서 감히 침범할 수 없는 주인 노릇을 하는 것이다.

그들이 만난 지 두 주일이 지난 어느 날 저녁 황혼이 질 무렵, 카터와 메이지는 팔짱을 끼고 불빛이 흐릿한 공원으로 천천히 걸어 들어갔다. 그들은 나무 그늘이 드리워진 은밀한 벤치를 찾아 나란히 앉았다.

그는 처음으로 살짝 팔을 뻗어 부드럽게 그녀를 안았다. 그녀는 자신의 머리를 그의 어깨 위에 편안하게 얹었다.

"어쩌면!"

메이지는 고마운 듯이 한숨 섞인 목소리로 말했다.

"그 생각을 왜 전에는 못 하셨죠?"

"메이지."

카터가 진지하게 말했다.

"내가 당신을 사랑하는 것을 당신도 알고 있을 거요. 이는 진심이니 나와 결혼해주시오. 이제는 나를 알 만큼 알았으니 의심할 것도 없지 않소? 난 당신을 원하오. 당신을 꼭 가져야겠소. 우리 사이의 신분 차이 같은 건 난 전혀 상관없소."

"무슨 차이가 있는 거죠?"

메이지가 호기심을 보였다. 카터가 재빨리 말했다.

"글쎄, 사실은 차이가 없겠지. 우리는 어리석은 사람들과는 다르니까. 어쨌든 내게는 당신을 호사스럽게 살게 해줄 힘이 있소. 나의 사회적 지위는 확고하고 재산도 얼마든지 있으니까."

"모두들 그런 말을 해요. 모두들 그런 술수를 쓰지요. 당신은 틀림없이 식품 가게 점원 아니면 경마장에나 드나드는 사람일 거예요. 난 겉보기만큼 풋내기가 아니에요."

"당신이 원한다면 모든 증거를 다 가져올 수도 있소."

카터가 부드럽게 말했다.

"게다가 난 당신이 필요하오, 메이지. 당신을 만난 첫날 나는 당신을 사랑하기 시작했소."

"남자들은 모두 그런 식으로 말하죠."

메이지는 즐거운 듯이 웃음을 터뜨렸다.

"만일 겨우 세 번 만나고 달라붙는 남자가 있다면, 여자가 자기에게 홀딱 반했다고 착각하고 있는 거겠죠?"

"제발 그런 식으로 말하지 말아요."

카터는 애원했다.

"메이지, 내 말 좀 들어요. 내가 처음 당신 눈을 들여다본 순간부터 당신은 나에게 세상에 유일한 여자가 되었어요."

"거짓말 말아요!"

메이지는 미소를 지었다.

"도대체 당신은 몇 명이나 되는 여자에게 그 이야기를 했나요?"

그러나 카터는 끈질겼다. 드디어 그는 그녀의 아름다운 가슴속 깊은 곳 어딘가에 숨쉬고 있는, 하늘하늘 날갯짓을 하는 작은 영혼의 언저리까지 갔다. 그 가벼움이 오히려 훌륭한 갑옷이 되고 있는 가슴속 깊은 곳을 그의 말이 꿰뚫은 것이다. 그녀는 비로소 진지한 눈으로 그를 올려다보았다. 그녀의 냉정하던 뺨이 뜨겁게 불탔다. 부들부들 떨면서 어설픈 몸짓으로 날개를 접는 나방이 이제 막 사랑의 꽃잎 위에 앉은 듯했다. 카터는 이러한 변화를 느끼고 그 기회를 잡았다.

"메이지, 결혼합시다."

그는 부드럽게 속삭였다.

"그러고서 이 추한 도시를 떠나 멀리 아름다운 곳으로 갑시다. 우리는 일이란 것을 잊을 것이고, 인생은 긴 휴가가 될 거요. 당신을 데리고 갈 곳을 다 알고 하는 얘기요. 나는 여러 번 다녀온 곳이니까. 영원히 여름만 계속되는 해변을 상상해봐요. 아름다운 모래사장에는 항상 파도가 부서지고, 사람들은 어린애들처럼 마냥 즐겁고 자유롭고. 우리 배를 타고 그곳에 가서 당신이 원하는 만큼 오래오래 삽시다. 그 먼 나라 어느 도시에 가면 아름다운 그림과 조각이 가득 찬 웅장하고 화려한 궁전과 탑이 있소. 이 도시의 거리는 물이고 사람들이 타고 다니는 것은……."

"알고 있어요."

메이지가 갑자기 몸을 곧추세우면서 말했다.

"곤돌라지요?"

"맞아요."

카터가 웃었다.

"그럴 줄 알았어요."

메이지가 말했다.

"그리고……."

카터가 계속했다.

"우리는 계속 여행을 하면서 세상에서 보고 싶은 것을 모두 구경하는 거요. 유럽의 여러 도시를 구경하고 난 다음엔 인도의 고색창연한 도시를 찾아가고, 코끼리도 탑시다. 힌두인과 브라만의 장엄한 사원, 일본의 정원, 페르시아의 낙타 행렬과 전차 경기, 이외에도 수없이 많은 이국의 모든 희한한 풍경을 구경하는 거요. 메이지, 어떻소? 이렇게 살면 즐겁지 않겠소?"

메이지는 벌떡 일어났다.

"이제 집으로 돌아가는 것이 좋겠군요."

그녀가 차갑게 말했다.

"시간이 늦었어요."

카터는 메이지의 비위를 맞추었다. 그녀의 변덕스럽고 엉겅퀴 보풀처럼 하늘거리는 기분을 알고 있었기 때문에, 그러지 말자고 해봤자 소용이 없다고 생각했다. 그러나 그는 어느 정도 승리감에 도취했다. 이 걷잡을 수 없는 푸시케의 영혼을 비록 가느다란 명주실로나마 잠시 잡을 수 있었던 것이다. 그녀가 잠시 날개를 접었던 것이다. 그녀의 냉정한 손이 잠시 그의 손을 쥐었던 것이다.

다음 날 '거대한 상가'에서 메이지의 단짝 루루가 카운터 모퉁이에 숨었다가 그녀를 기습했다.

"그 멋쟁이 친구와 어떻게 잘 되어가니?"

루루가 물었다.

"아, 그 사람?"

메이지는 파마한 옆머리를 쓰다듬었다.

"그 사람하고는 끝났어. 루루, 그 작자가 나보고 뭐라고 한 줄 아니?"

"배우가 되라고?"

루루는 얼른 이렇게 추측했다.

"쳇! 그 지독한 노랑이가 그런 말을 해? 나보고 결혼해서 신혼여행은 코니아일랜드로 가자는 거야!"

카페 속의 세계주의자

　자정이 다 되었는데도 카페 안은 만원이었다. 우연히도 내가 앉아 있는 테이블은 드나드는 사람들의 눈에 띄지 않았던지, 두 의자가 쏟아져 들어오는 손님들에게 친절히 손짓하면서 와서 앉아주기를 기다리고 있었다.
　이때 세계주의자 한 사람이 들어와 그중 한 의자에 앉았다. 나는 기뻤다. 아담 이래로 진정한 세계 시민은 한 사람도 없었다는 것이 나의 지론이기 때문이었다. 물론 그런 사람이 있다는 이야기를 듣기도 했지만, 외국 여러 곳을 다녀보아도 실제로 우리가 목격하는 사람들은 그저 여행자들일 뿐 세계주의자는 없었다.
　여러분은 우선 이곳의 광경을 기억해둬야 한다. 대리석 탁자, 즐비하게 늘어선 등받이 높은 가죽 의자들, 유쾌한 손님들, 정장 차림에 세련되고 깜찍한 말씨로 문학과 경제와 부귀와 예술을 이야기하는 숙녀들, 팁을 받아내려고 바지런을 떠는 웨이터들, 작곡가와 곡에 대한 해설을 덧붙인 음악, 떠들어대는 소리, 웃음소리, 그리고 또 목이 칼칼하면 마실 수 있도록 커다란 유리잔에 담겨 있는 술. 어느 조각가는 이곳 풍경이 진실로 파리적이라 했다.

러시모어 코글란이란 이름의 이 세계주의자는 내년 여름에 코니 섬에서 강연을 한다고 했다. 그곳에서는 새로운 신봉자들이 쏟아져 나올 것이고, 기분 전환으로는 최고가 될 것이라고 그는 나에게 알려주었다. 그런 다음 그의 이야기는 위도와 경도를 따라 종횡무진으로 오르내렸다. 말하자면, 이 거대하고 둥근 세계를 우습지도 않다는 듯이 능숙하게 손으로 잡았다 놓았다 했다. 그의 세계는 마치 프랑스 정식 중 하나인 그레이프 후르츠에 든 버찌 씨보다 크지 않은 듯했다. 경멸하는 투로 적도 이야기를 했고, 이 대륙에서 저 대륙으로 넘나들며, 한대니 열대니 하는 곳을 우습게 보았고, 대양을 자기 냅킨으로 닦아냈다. 손을 내저으며 인도 히데라바드의 어느 시장 이야기도 했다. 별안간 그는 북유럽에서 스키를 타고 있다가 이번에는 남태평양의 카나카족과 함께 킬라이카히키에서 통통배를 탔다. 또 아칸소주의 참나무 늪지대를 지나면서는 심하게 재촉했다. 잠시 아이다호주에 있는 자신의 농장에서 옷을 말려 입고는 훌쩍 빈 대공들의 사교장에 뛰어들었다. 이내 그는 시카고의 어느 호반에서 부는 바람으로 얻은 감기를 에스카밀리아 노인이 부에노스아이레스에서 갈대 뜸으로 치료해준 이야기를 했다. '우주, 태양계, 지구, 러시모어 코글란 씨'라는 주소로 편지를 띄운다 해도 편지가 꼭 배달될 것 같은 느낌이 들었다.

나는 아담 이래의 진정한 세계주의자를 드디어 만났다는 생각이 들었다. 그의 범세계적인 강론에 귀를 기울이면서 혹시나 평범한 세계 여행자로서의 지역적 색채가 드러나지 않을까 걱정했으나, 그의 의견은 흔들리거나 늘어지는 적이 결코 없었다. 바람이 어디에서나 불고 지구 중력이 어느 곳이든 똑같이 미치듯이 도시, 나라, 대륙을 이야기하는 데 절대로 치우침이 없었다.

러시모어 코글란 씨가 이 자그마한 혹성에 대해 떠들고 있는 동안, 나는 전세계를 위하여 글을 쓰면서 봄베이*에 일신을 바친 위대한 준(準)세계주의자를 흐뭇하게 생각하고 있었다. 키플링은 그의 시에서 세계의 모든 도시는 제각기 자존심과 경쟁 의식을 가지고 있어서 "한 도시에서 성장한 사람은 이곳저곳을 전전하다가도, 어린애가 어머니 치맛자락에 매달리듯이 결국은 자기 도시의 옷자락을 놓지 못한다"라고 썼다. 이어서 소란스러운 이국의 거리를 거닐 때마다 자신의 고향이 가장 충직하고 바보스럽고 사랑스러우며, 그저 이름만 들어도 어찌할 수 없는 천분이라고 생각하게 된다고 말했다. 키플링 씨가 이와 같이 주장하는 것을 읽고 나는 흐뭇했다. 그런데 오늘 드디어 흙으로 빚어지지 않은 사람을 만난 것이다. 자기 고향이나 고국을 편협하게 자랑하지 않는 사람, 만약 자랑하기로 말한다면 달이나 화성의 주민에 대적하여 이 둥근 지구 전체를 자랑할 그런 사람을 만난 것이다.

러시모어 코글란 씨의 이야기는 우리의 테이블 끝편에 자리잡은

---

* 뭄바이의 전 이름.

밴드 소리 때문에 더욱 빨라졌다. 코글란이 시베리아 철도 연변의 지형을 설명하는 동안, 오케스트라는 접속곡으로 넘어가고 있었다. 마지막 곡 〈딕시〉의 선율이 흘러나오자 거의 모든 테이블에서 요란한 박수 소리가 쏟아져 오케스트라를 거의 압도해버렸다.

이처럼 굉장한 광경은 뉴욕시의 무수한 카페에서 매일 밤 볼 수 있는 것이다. 술 이야기가 오가는 사이에 수십 톤의 술이 소모된다. 뉴욕에 사는 남부 출신 사람들은 해가 떨어지기가 무섭게 모두들 카페로 몰려온다고 성급하게 생각하는 사람도 있다. 북부 도시에 이러한 '반역'적 분위기가 맴돈다는 구설수는 다소 난잡한 이야기지만, 까닭이 없는 것은 아니다. 스페인과의 전쟁, 여러 해에 걸친 박하와 수박의 풍년, 예상을 완전히 뒤엎어버린 뉴올리언스 경마, 인디애나주와 캔자스주 사람들이 주축이 된 북캐롤라이나 동향회가 벌인 몇 차례의 호화로운 파티 따위로 인해서 맨해튼의 남부 사람들은 말하자면 똘똘 뭉친 것이다. 예를 들어 손톱 미용사가 손님의 집게손가락을 보고 "버지니아주 리치먼드에 사는 애인 손가락하고 닮았네요. 네, 꼭 그대로예요"라고 소곤거릴 수도 있지만, 대부분의 여자들은 요즈음 일을 해야 한다. 전쟁 때문이다.

〈딕시〉가 연주되고 있을 때 머리칼이 까만 젊은 남자 하나가 마치 게릴라처럼 고함을 지르면서 뛰쳐나와 테가 고운 모자를 열광적으로 흔들었다. 그런 다음 연기가 자욱한 홀을 가로질러 우리 테이블의 빈 자리에 털썩 주저앉아 담배를 꺼내 들었다.

저녁 시간은 닫힌 마음이 풀어지는 때이다. 우리는 웨이터에게 술 석 잔을 주문했다. 머리가 까만 젊은 남자는 자기까지 포함해서 주문한 것을 고맙게 생각했는지 웃으면서 고개를 끄덕였다. 나는 내가 가진 지론을 펴고 싶었기 때문에 서둘러서 이렇게 질문했다.

"실례입니다만, 어디서 오신 분이시지요?"

러시모어 코글란 씨가 주먹을 휘둘러 책상을 쳤다. 나는 찔끔하여 입을 다물었다. 코글란이 입을 열었다.

"미안합니다. 저는 그런 질문은 딱 질색입니다. 도대체 고향이 어딘가가 무슨 문제가 됩니까? 사람을 그의 주소로 판단해버린다는 것이 정당한 일입니까? 켄터키 사람이면서 술을 싫어하고, 버지니아 사람인데도 포카혼타족 후예가 아니고, 인디애나 사람인데 소설을 쓰지 않고, 멕시코 사람이면서 솔기에 은화를 꿰어 단 벨벳 바지를 입지 않고, 영국인이면서 경망스럽고, 양키면서 돈을 풍덩풍덩 쓰고, 남부인이면서 냉혈적이고, 서부인이면서 편협하고, 뉴욕주에 살면서도 너무 바빠서 길거리에 멈추어 한 팔이 잘린 식품점 점원이 크랜베리를 종이 봉지에 싸는 모습을 한 시간쯤 지켜볼 수 없는 사람을 난 얼마든지 보았으니까요. 사람을 그 사람 자체로 인정해 줘야지 어느 지방에 사는 사람이라는 딱지를 붙여 난처하게 만들어서야 되겠습니까?"

"용서하십시오."

나는 이렇게 말했다.

"그러나 저의 호기심에도 까닭이 있습니다. 저는 이 곡을 연주할 때 유난스럽게 열광하든지 눈에 띄게 지방색 짙은 감동을 표시하는 사람은 예외 없이 뉴저지주 세코커스 출신이든지 그 고장 머레이 산림 지대와 할렘강 주변 사람이라고 굳게 믿고 있어요. 저의 이런 생각이 맞는지 시험 삼아 이분에게 여쭈어본 것인데 당신이 그만 고차적인 이론을 들고 나선 것이지요."

그러자 까만 머리의 젊은 남자가 나에게 말을 걸었다. 그 사람도 확고한 자기 나름의 지론을 가진 것이 명백했다.

"저는 높은 산 꼭대기에 한 마리 페리윙클 새가 되어 라랄랄랄라 노래 부르고 싶습니다."

그의 말은 신비로웠다.

분명 종잡을 수 없는 말이었기에 나는 코글란 쪽을 돌아보았다.

"난 세계를 열두 바퀴나 돌았습니다."

코글란의 말이었다.

"나는 넥타이를 사오라고 신시내티까지 사람을 보내는 유퍼나빅에 사는 에스키모인을 알지요. 또 미시간주 배틀크리크시에서 열린 아침 많이 먹기 대회에서 상을 탄 우루과이의 염소몰이도 보았고, 이집트 카이로에서 셋방살이를 한 적도 있고, 요코하마에서는 1년간이나 체류했지요. 상하이의 어느 찻집에 갔더니 바꾸어 신으라고 슬리퍼를 가져다주더군요. 그곳 사람들에게 시애틀이나 리우데자네이루 이야기는 해줄 필요도 없었지요. 정말로 세상은 좁습니다. 내 고향이 북부네 남부네 혹은 클리블랜드 유클릿가(街)네, 파이크산(山)이네, 버지니아 페어팩스네, 홀리간 평원이네 하고 자랑을 해보아야 무엇합니까? 내 집이 계곡에 자리잡은 대저택이라고 뽐내서 무엇하자는 것입니까? 우리가 우연히 태어난 곳이라 해서 고향이네, 4만 제곱미터나 되는 늪 지대네 하고 말하는 바보짓을 집어치울 때 세상은 보다 밝아질 것입니다."

"당신은 정말 순수한 세계주의자인 듯합니다."

나는 감탄해 마지않았다.

"그러나 애국심까지 우습게 보시는 것 같은데……."

"그건 석기 시대의 유물입니다."

코글란이 열렬하게 외쳤다.

"우리는 모두 형제입니다. 중국 사람, 영국 사람, 줄루 사람, 파타고니아 사람, 코강(江) 기슭에 사는 사람 할 것 없이 모두 형제입니다. 언젠가는 자기 도시, 주, 지역, 국가 따위에 대한 이 하잘것없는 자만심은 일소되고 우리 모두는 세계의 시민이 될 것입니다. 꼭 그래야만 합니다."

"그래도 혹시 낯선 땅을 방랑하면서 특별히 마음에 드는 곳이 있지 않았는지요? 어떤 그립고……."

"천만의 말씀입니다."

코글란 씨가 경망스럽게 내 말을 가로챘다.

"지구라고 알려진 이 둥근 혹성 전체가, 양극(陽極) 쪽으로 조금 눌린 듯한 이 땅덩이 전체가 나의 거주지입니다. 나는 해외에서 목적 의식에 매인 이 나라의 시민들을 많이 보았습니다. 시카고에서 온 사람이 달밤에 베니스에서 곤돌라를 타고 그들의 배수로가 훌륭하다고 자랑하는 것을 보았습니다. 내가 만난 어느 남부인은 영국 왕을 알현하자 눈 하나 깜짝하지 않고 자기 어머니 쪽 대고모가 찰스턴의 퍼킨스족 피가 섞인 사람이라는 이야기를 건넸습니다. 몸값을 요구하는 아프가니스탄 무뢰한들에게 납치당했던 뉴욕 사람도 알지요. 그 사람 가족이 돈을 보내주자 이 일을 해결한 주선자와 함께 카블로로 돌아왔답니다. '아프가니스탄 사람이던가요? 그다지 늦게 풀려난 것은 아니지요?' 원주민들이 통역관을 통하여 이렇게 묻자, 그는 '잘 모르겠습니다'라고 대답하고서 뉴욕 6번가와 브로드웨이의 어느 택시 운전수 이야기를 늘어놓았습니다. 나는 이런 것들이 마음에 들지 않습니다. 지름이 1만 3천 킬로미터가 되지 않는 것은 무엇이든지 집착하지 않습니다. 나를 그저 지구의 시민 러시모어 코글란으로 기억해주십시오."

이 세계주의자는 거창하게 작별 인사를 하고 자리에서 일어났다. 잡담과 담배 연기가 자욱한 홀 저쪽 편에서 누군가 아는 사람을 보았던 것이다. 그래서 테이블에는 나와 자칭 페리윙클 새라고 하던 사람이 남게 되었다. 페리윙클은 계곡의 정상에 앉아 구성지게 노래할 기력을 상실했는지 그저 술을 마실 뿐이었다.

나는 가만히 앉아 이 명백한 세계주의자를 생각하면서 어떻게 시인이 이런 사람을 노래하지 않았는지 궁금하게 생각했다. 그는 나에게 대발견이었고 나는 그의 말을 믿었다.

"한 도시에서 성장한 사람은 이곳저곳을 전전하다가도, 어린애가 어머니 치맛자락에 매달리듯이 결국은 자기 도시의 옷자락을 놓지 못한다……."

어떻게 그럴 수 있단 말인가? 러시모어 코글란 씨는 그렇지 않은 것이다. 전 세계가 그의…….

나의 명상은 카페 저쪽에서 일어난 굉장한 소란과 싸움으로 산산조각이 났다. 앉아 있는 손님들 머리 위로 러시모어 코글란과 내가 모르는 어떤 사람이 격전을 벌이는 것이 보였다. 그들은 테이블을 사이에 두고 폭군처럼 싸웠다. 유리잔이 깨지고, 사람들이 주섬주섬 모자를 들고 일어서다가 얻어맞고 쓰러졌다. 갈색머리 아가씨는 비명을 지르고, 은발 아가씨는 〈놀림감〉이라는 노래를 부르기 시작했다.

웨이터들이 싸우는 두 사람을 덮쳐 뻗대는 이 전사들을 문 밖으로 밀어냈다. 세계주의자는 밀려나가면서도 지구 시민으로서의 위풍과 자존심을 견지하고 있었다. 나는 맥카시라는 이름의 프랑스인 웨이터를 불러서 왜들 싸웠냐고 물어보았다.

"붉은 넥타이를 맨 사람(그는 바로 세계주의자였다)이 그 사람 고향의 수도 시설과 도로가 형편없다는 말을 듣고 발끈한 거예요."

"뭐라고요?"

나는 어리둥절했다.

"그분은 세계 시민인데, 세계주의자란 말이오. 그 사람은……."

"원래 메인주 마타왐키그가 고향인 사람이죠."

맥카시는 말을 이었다.

"그 사람 말인즉 자기 고향을 헐뜯는 놈들은 그냥 두지 않겠다는 거예요."

물레방아가 있는 교회

　레이크랜드는 피서지 안내 책자에 실려 있지 않다. 그곳은 크리치강의 지류가 흐르는 캄버랜드 산맥의 나지막한 돌출부에 자리잡고 있다. 원래 이 레이크랜드는 쓸쓸한 철도 연변에 있는 20여 호의 아늑한 마을이었다. 이 철도는 소나무 숲속에서 길을 잃고 공포와 고독을 피하여 레이크랜드로 들어온 것 같기도 하고, 아니면 레이크랜드가 길을 잃어 기차를 타고 고향으로 돌아갈 생각으로 이 연변에 모여 있는 듯하기도 했다.
　더구나 어떤 이유로 레이크랜드라는 이름이 이 고장에 붙여졌을까 하는 궁금증이 일기도 한다. 이 지방에는 호수라고는 전혀 찾아볼 수도 없으며, 주위의 땅은 대단히 황폐했기 때문이다.
　마을에서 800미터쯤 떨어진 곳에 '독수리 집'이라는 건물이 서 있다. 낡았지만 크고 넓은 집으로, 푸른 계곡의 공기를 마시려는 사람들의 편의를 위해 조지아 랭킨이 경영하는 집이다. 이 집은 관리가 잘 되어 있지 않았는데, 오히려 그 점이 사람들의 마음을 끌었다. 현대적으로 꾸미지 않아 고풍스럽기만 했지만 찾아오는 사람들은 모든 것이 아무렇게나 흩어져 있어서 마음이 편했다. 그리고 말끔한 방과 풍성한 음식이 마련됐다. 그 외에는 솔밭에 나가 즐겁게 지내면 된다. 자연은 이 지방에 자연수와 머루덩굴로 된 그네와 나무 기둥이 있는 크리켓 장을 마련해주었다. 인공적인 것이라고는, 일주일에 두 번 통나무로 만든 별채에서 열리는 무도회의 바이올린과 기타 연주뿐이다.

'독수리 집'을 찾는 사람들은 유흥과 휴양을 목적으로 이곳에 온다. 그들은 아주 바쁜 사람들이기 때문에, 1년 내내 톱니바퀴가 돌아가도록 2주일 동안 태엽을 감아주어야 하는 시계와 같다.

여러 곳에서 학생들, 화가들이 오고 주위의 옛 지층 조사에 골몰하는 지질학자들이 찾아오기도 한다. 그 밖에도 몇몇 가족이 이곳에서 여름을 보내고, 또 이 동네에서 '여선생님'으로 통하며 인내심 있게 일을 잘하는 천주교 부인 단체 회원들도 피서하러 찾아오곤 한다.

'독수리 집'에서 400미터쯤 떨어진 곳에 구경거리가 하나 있다. 만일 이 '독수리 집'에서 안내 책자를 낸다면 틀림없이 명소라고 손님들에게 설명할 만한 곳이다. 이제는 돌아가지 않는 아주 오래된 물레방앗간이었다. 조지아 랭킨의 말에 의하면, 그곳은 상사식(上射式) 물레방아가 있는 미국 유일의 교회이며, 신자석(信者席)과 파이프 오르간이 있는 세계 유일의 물레방앗간이다. '독수리 집' 손님들은 주일마다 이 낡은 물레방앗간 교회에 가서, 순결한 기독교인이란 경험과 고난의 맷돌로 갈아 체로 쳐서 얻는 유용한 밀가루에 비유할 수 있다는 설교를 들었다.

해마다 초가을이 되면, '독수리 집'에는 에이브람 스트롱이라는 사람이 찾아와 머물곤 했다. 그는 모든 사람에게서 존경과 사랑을 받고 있었으며, 레이크랜드에서는 그를 '에이브람 목사님'이라고 불렀다. 그의 머리칼은 눈처럼 희고, 얼굴은 혈색이 좋아 부드러웠고, 웃음소리는 명랑했으며, 검은 옷과 넓은 모자는 그를 목사처럼 보이게 했기 때문이었다. 새로 온 손님이라도 그와 3, 4일만 함께 지내면, 그렇게 어울리는 이름을 부르게 된다.

에이브람 목사는 멀리서 이곳 레이크랜드에 찾아오는 것이었다. 그는 북서 지방의 어느 크고 번창한 도시에서 제분 공장을 경영하고 있었다. 그러나 거기에는 신자석이나 오르간 같은 것이 없었다. 마치 개미 둥지에 개미 떼가 웅성대듯이 하루 종일 화물차가 드나드는, 보기 흉한 산 같은 커다란 제분 공장이었다. 에이브람 목사와 교회가 된 물레방앗간의 역사 사이에는 깊은 관계가 얽혀 있으니 그 이야기를 먼저 하려고 한다.

그 교회가 아직 물레방앗간이었을 때, 스트롱 씨는 그곳의 주인이었다. 그 주위에서 그만큼 명랑하고, 유쾌하고, 행복한 방앗간 주인도 없었다. 그는 방앗간 건너에 있는 작은 집에 살고 있었다. 그의 일손은 더디었지만 방앗삯이 싸서, 이 근처 사람들은 멀고 힘든 돌길을 걸어 힘겹게 곡식을 싣고 그를 찾았다.

그는 그의 어린 딸, 어글레이어에게서 생활의 즐거움을 느끼며 살았다. 어글레이어란 이름은 금발에 아장아장 걷는 어린아이에게는 좀 거창한 이름이지만, 시골 사람들은 당당하고 훌륭한 이름을 좋아하기 때문에 그 애 어머니가 책에서 찾아내어 붙인 이름이었다. 그러나 어린 어글레이어는 다른 사람이 그렇게 부르는 것이 싫어서 자기를 덤즈라고 불렀다. 방앗간집 내외는 어글레이어를 구슬러 그 덤즈라는 이름의 출처를 알아내려고 했으나 헛일이었다. 하는 수 없이 그들은 한 가지 추측을 할 수밖에 없었다. 집 뒤에는 로도덴드론 꽃밭이 있었는데 어글레이어는 그 꽃밭을 대단히 좋아했다. 아마도 어글레이어는 자기가 좋아하는 꽃의 이 어려운 이름과 덤즈라는 이름이 어딘가 닮은 데가 있다고 생각했을 것이란 추측이었다.

  어글레이어가 네 살 때, 날씨가 좋은 오후에는 아버지와 딸이 매일 반복하는 일이 있었다. 저녁 식사 준비를 마치면, 어머니는 어글레이어의 머리를 빗기고 예쁜 에이프런을 입혀서 방앗간으로 아버지 마중을 보냈다. 방앗간 주인은 딸이 방앗간 어귀에 오는 것을 보면, 가루를 뽀얗게 뒤집어쓰고 쫓아나가 손을 흔들며 이 고장에 잘 알려진 방앗간 노래를 불렀다.

    물레방아 돌아가며,
    방아를 찧네.
    가루 쓴 방아 영감 싱글벙글,
    온종일 콧노래 흥얼흥얼.
    예쁜 아기 생각에,
    즐거운 하루.

그러면 어글레이어는 웃으며 달려와서 "아빠, 덤즈를 집에 데려다줘요!"라고 말하곤 했다.

방앗간 주인은 딸을 어깨 위에 올려놓고 방앗간 노래를 흥얼거리며 의기양양하게 집으로 돌아왔고, 이런 일은 저녁때가 되면 언제나 되풀이되었다.

네 돌을 지낸 지 불과 일주일 후인 어느 날, 어글레이어가 별안간 없어졌다. 마지막으로 눈에 띄었을 때는 집 앞 길에서 꽃을 따고 있었다. 그러고 얼마 뒤에 애가 너무 멀리 가지 않았나 살피려고 스트롱 부인이 나가보았더니, 이미 아이는 어디에도 없었다.

물론 아이를 백방으로 찾았다. 이웃 사람들도 총동원해서 사방 수 킬로미터 밖까지 숲이며 산을 샅샅이 뒤졌다. 물레방아의 도랑이며 개울, 먼 방축 바닥까지 찾아보았으나 아무 자취도 발견하지 못했다. 2, 3일 전에 유랑민이 인근 숲에서 야영을 한 일이 있었다. 혹시 그들이 유괴하지 않았나 의심이 가서 마차를 몰고 뒤쫓아가서 살폈으나 역시 아이를 찾지 못했다.

방앗간 주인은 그 후로도 2년 가까이 방앗간을 경영했으나 딸을 찾을 가망은 없었다. 그러자 그는 아내와 함께 서북 지방으로 이사를 갔다. 몇 해가 지나, 그는 번창한 제분업 도시에서 현대식 제분소를 경영하게 되었다. 그러나 그의 부인은 어글레이어를 잃었을 때 받은 마음의 충격 때문에 이사 간 지 3년 만에 세상을 떠났고, 그는 홀로 남아 슬픔을 참아내야 했다.

에이브람 스트롱은 사업이 번창하자 레이크랜드와 그 근처에 있는 옛 물레방앗간을 찾아왔다. 이곳은 그에게 슬픔의 원천이었지만, 의지가 굳건한 그는 언제나 명랑하고 부드러운 얼굴빛을 했다. 그가 문득 무슨 영감이나 받은 듯이 낡은 물레방앗간을 교회로 개조하려고 생각한 것은 바로 그때였다. 가난한 시골 사람들은 그것을 도울 만한 힘이 없었다. 이 마을의 30킬로미터 이내에는 교회가 하나도 없었다. 스트롱은 될 수 있는 대로 물레방앗간의 외관을 변경하지 않고 커다란 상사식 물레방아를 그대로 두었다. 이곳을 찾는 젊은 사람들은 점점 삭아가는 물레바퀴 위에 자기 이름의 머리글자를 새기곤 했다. 둑은 일부가 허물어져서 맑은 계곡 물이 바위 위로 흘러내렸다. 그러나 방앗간의 내부는 크게 바뀌었다. 굴대, 맷돌, 피대, 도르래 등은 모두 치우고, 두 줄로 나란히 의자를 놓고 통로를 만들었다. 그리고 안쪽을 한 단 높여서 제단을 놓았다. 머리 위쪽으로 세 방향에는 회랑을 만들어 의자를 놓고, 안쪽 계단을 통해 오르내리게 했다. 그리고 진짜 파이프 오르간을 들여놓아 물레방아 교회 신도들의 자랑거리가 되도록 했다. 피비 서머즈 양이 오르간을 쳤다. 레이크랜드 아이들은 주일 예배 때마다 교대로 오르간에 바람을 넣으며 즐거워했다. 베인브리지 목사는 다람쥐 마을에서 늙은 백마를 타고 어김없이 설교를 하러 왔다. 에이브람 스트롱이 일체의 경비를 부담했다. 그는 설교자에게는 연봉 500달러를, 피비 양에게는 200달러를 주었다.

 이렇듯 어글레이어를 추모하기 위한 옛날의 물레방앗간은 그녀가 살았던 마을 사람들에게 축복받는 곳이 되었다. 어글레이어의 짧은 생애는 70년의 인생보다도 더 많은 은혜를 베푼 것처럼 여겨졌다. 그러나 스트롱은 그래도 미흡한 것 같아 딸을 추모하기 위하여 또 다른 기념 사업을 벌였다. 서북 지방에 있는 그의 제분 공장에서 잘 여문 알찬 밀로 어글레이어 도장이 찍힌 밀가루를 만들어 팔기 시작한 것이다. 이 어글레이어 밀가루에는 두 가지 가격이 있다는 것을 사람들은 알게 되었다. 한 가지는 최고의 시장 가격이요, 다른 하나는 공짜였다.

세상 사람들을 곤경 속에 몰아넣는 재해, 즉 화재, 홍수, 폭풍, 파업, 기근 등이 발생하면 어글레이어 밀가루가 얼마든지 수송되었다. 밀가루는 세심한 주의와 절차를 거쳐 배급되었지만, 아낌없이 자유롭게 전달됐다. 그리고 가난한 사람들은 돈 한 푼 내지 않아도 받을 수 있었다. 어느 곳에서든 불이 나면, 현장에는 소방서장의 마차가 제일 먼저 오고 그 다음에 어글레이어 밀가루를 실은 차가 오고 나서야 소방차가 온다고 사람들이 말하게 되었다.

이것이 어글레이어를 위한 에이브람 스트롱의 두 번째 기념물이 되었다. 시인에게는 지나치게 실리적이라 미의 소재로 삼을 수 없을 것으로 보일지 모르나, 어떤 사람들에게는 이 흰 밀가루를 잃어버린 어린 딸의 영혼을 추모하는 기념으로 삼는 것이 참으로 아름답고 거룩한 일로 보일지도 모른다.

어느 해에 이 캄버랜드 지대에 불황이 몰려왔다. 어느 곳이나 흉작이고 채소마저도 재배가 어려웠다. 그리고 큰 홍수가 나서 막대한 재산 피해를 냈다. 숲속의 짐승마저 줄어들어 사냥꾼들은 자기 식구가 먹을 것도 잡아오지 못했다. 더구나 레이크랜드 지방의 고통은 더 컸다.

에이브람 스트롱은 이 소식을 듣자마자 기차로 이 고장에 어글레이어 밀가루를 실어 나르기 시작했다. 그는 밀가루를 교회 다락방에 쌓아놓았다가 예배 보러 오는 신도들에게 각각 한 포대씩 나누어주도록 했다.

2주일 후에 에이브람 스트롱은 해마다 그러하듯이 '독수리 집'을 찾아와서 에이브람 목사님이 되었다.

그해에는 예년에 비해 손님이 적었는데 그 손님들 중에는 로즈 체스터라는 처녀가 있었다. 그녀는 애틀랜타시에 있는 백화점에서 일을 하고 있었는데, 휴가를 얻어서 이렇게 놀러 오는 것은 난생 처음 있는 일이었다. 백화점 지배인의 부인이 이 '독수리 집'에서 여름을 지낸 일이 있었는데, 로즈 양을 대단히 좋아하는 그녀가 여기서 휴가를 보내라고 권했던 것이다. 지배인 부인은 랭킨 부인에게 그녀를 소개하는 편지를 보내주었으므로 랭킨 부인은 반가이 그녀를 맞이했다.

체스터 양은 몸이 별로 튼튼하지 못했다. 나이는 갓 스무 살 정도였으며 항상 건물 안에서만 지냈기 때문에 얼굴색은 창백했다. 그러나 레이크랜드에서 일주일을 지내고 나자, 그녀는 아주 달라져서 명랑하고 활기 있게 되었다. 때는 9월 초순이라 캄버랜드가 가장 아름다운 시기였다. 산의 나무들은 막 단풍이 들어 찬란하고, 대기는 샴페인처럼 향기로웠다. 밤에는 쌀쌀하여 모두가 '독수리 집'의 담요 속으로 파고들었다.

에이브람 목사와 체스터 양은 아주 친한 사이가 되었다. 늙은 물레방앗간 주인은 랭킨 부인에게서 로즈에 관한 이야기를 듣고, 가냘프고 고독하고 자립적인 이 처녀에게 관심을 갖게 되었다.

산속 마을은 체스터 양에게는 아주 진기한 풍경이었다. 그녀는 오랫동안 뜨거운 평야의 도시 애틀랜타시에서만 살았기 때문에 캄버랜드 산지의 장엄하고 변화무쌍한 풍경이 기뻤으며, 여기서 머무르는 시간을 아껴서 즐겁게 보내리라고 생각했다. 그녀는 얼마 안 되는 저금과 휴가 중에 필요한 경비를 계산해서 직장에 돌아갈 때는 돈이 얼마 남는다는 것까지 알고 있었다.

체스터 양이 에이브람 목사와 친숙해진 것은 참으로 다행한 일이었다. 그는 레이크랜드의 지리에 밝아 주위의 산길과 산봉우리, 낭떠러지까지도 잘 알고 있었다. 그 덕분으로, 체스터 양은 어둠침침한 숲길의 신성한 아름다움, 벌거숭이 바위의 장엄함, 수정처럼 맑고 서늘한 아침, 신비롭고 슬픔에 가득 찬 꿈결 같은 황금빛 오후 등과 친하게 되었다. 그리하여 그녀는 매일 눈에 띄게 건강해졌고, 마음도 날로 밝아졌다. 에이브람의 유쾌한 웃음소리처럼, 그녀도 온후한 마음속에서 우러나오는 여자답고 상냥하고 천진한 웃음을 지었다. 어쨌든 이 두 사람은 타고난 낙천가들이어서 다른 사람에게 명랑하고 부드러운 얼굴을 보일 줄 알고 있었다.

어느 날 체스터 양은 한 손님에게서 에이브람 목사의 잃어버린 딸에 대한 이야기를 들었다. 그녀는 급히 달려나가, 스트롱이 그가 좋아하는 샘가 벤치에 앉아 있는 것을 찾아냈다. 그의 귀여운 친구가 그의 손을 잡고 눈물을 글썽대며 빤히 쳐다보자 그는 깜짝 놀랐다.

"아, 에이브람 목사님."

그녀가 말했다.

"정말 안됐어요. 저는 지금까지 따님에 대한 일을 전혀 몰랐어요.

그렇지만 언젠가 찾게 되겠지요. 하느님께 기도할게요."

방앗간 주인은 평소와 마찬가지로 빙그레 웃어 보였다.

"고마워요, 로즈 양."

그는 명랑하게 말했다.

"하지만 나는 어글레이어를 만날 수 있다고 생각하지 않아. 몇 해 동안 그 애가 어느 부랑자에게 유괴되어 어디엔가 살아 있으리라고 생각했지. 하지만 이제는 그러한 희망도 사라졌어. 아마도 물에 빠져 죽은 것 같아."

"나는 목사님이 그렇게 생각하는 것이 얼마나 괴로운 일인가를 짐작조차 할 수 없어요. 그런데도 그렇게 명랑한 얼굴로, 다른 사람의 고통을 덜어주려고 하시니, 정말로 훌륭하고 어지신 분이시군요."

"정말로 어진 로즈 양이구먼!"

방앗간 주인은 웃으면서 로즈 양의 표현을 흉내냈다.

"나보다도 로즈 양이 더 많이 걱정해주니 말이야."

체스터 양은 응석이 부리고 싶어졌다.

"아, 에이브람 목사님."

그녀는 크게 불렀다.

"만일 내가 목사님의 딸이라면 얼마나 좋겠어요. 아주 낭만적이겠죠. 혹시 저를 딸 삼을 생각은 없으신가요?"

"그렇게 되면 좋겠구먼."

방앗간 주인은 기쁜 듯이 말했다.

"만약 어글레이어가 살아 있다면 그 애가 체스터 양같이 아름답게 자랐으면 좋겠어. 어쩌면 아가씨가 어글레이어인지도 모르지."

그는 체스터 양의 장난기에 맞추어 말을 덧붙였다.

"우리가 방앗간에 살던 때가 생각나지 않아?"

체스터 양은 곧 생각에 잠겼다. 그녀의 커다란 두 눈은 먼 곳을 우두커니 바라보고 있었다. 에이브람 목사는 그녀가 곧 심각해지는 것이 재미있었다. 그녀는 오랫동안 묵묵히 있다가 입을 열었다.

"아니요."

그녀는 깊은 한숨을 쉬면서 말했다.

"물레방아 생각은 전혀 나지 않아요. 여기 교회가 된 물레방앗간을 보기 전까지는 한 번도 물레방아를 본 적이 없어요. 제가 만약 어린 딸이라면 반드시 생각이 날 텐데요. 그렇지 않아요? 정말 속상하네요, 에이브람 목사님."

"나도 속상하구먼."

에이브람 목사가 그녀의 말에 맞장구를 쳤다.

"그러나 로즈 양, 만약 내 딸이었던 생각은 안 나더라도 누구의 딸이었다는 것은 생각나겠지? 물론 부모님 생각은 나겠지?"

"그럼요. 특히 아버지요. 아버지는 목사님하고는 전혀 닮지 않았어요. 아버진 오랫동안 직업이 없으셨죠. 항상 오후에는 연어가 노는 것이 보이는 연못에 데려가겠다고 약속하셨지만 저는 한 번도 연어를 보지 못했어요."

어느 날 오후 늦게, 에이브람 목사는 혼자서 옛 방앗간을 찾아갔다. 그는 가끔 그곳을 찾아가서 길 건너 시골집에 살던 때를 회상했다. 세월은 그의 아픈 슬픔을 달래서, 이제는 그 시절의 일을 회상해도 괴롭지는 않았다. 그러나 에이브람 스트롱은 우울한 9월의 오후에, 덤즈가 곱슬거리는 금발을 흩날리며 매일 찾아오던 그 장소에 앉아 있을 때는 그가 레이크랜드 사람들에게 항상 보여주는 미소가 사라졌다.

방앗간 주인은 꾸불꾸불하고 가파른 길을 천천히 올라가고 있었다. 모자를 벗어들고 길 가장자리에 있는 울창한 나무 그늘을 따라 걸었다. 다람쥐들은 오른쪽 숲 위를 즐겁게 달리고, 메추라기는 밀밭에서 기어다니며 울고 있었다. 뉘엿뉘엿 기우는 해는 서쪽으로 뚫린 산골짜기를 금빛으로 물들였다. 어글레이어가 없어진 때는 9월 초순이었다.

나무 사이로 비치는 따뜻한 햇살이 칡나무로 반쯤 덮인 낡은 상사식 물레방아에 드문드문 반점을 드리웠다. 길 건너편의 시골집은 아직 그대로 서 있었으나, 올 겨울에 찬바람이 몰아치면 틀림없이 무너질 것만 같았다. 나팔꽃과 야생 박덩굴이 그 위에 덮여 있고 문짝이 젖혀 있었다.

에이브람 목사는 물레방앗간 문을 열고 살며시 들어갔다. 그때 안쪽에서 이상한 소리가 들려 발을 멈추었다. 누군가가 안에서 슬피 울고 있었다. 가만히 살펴보니 체스터 양이 어두컴컴한 신자석에 앉아 손에 편지를 든 채 고개를 숙이고 울고 있었다.

에이브람 목사는 그녀에게 다가가서 한 손을 그녀의 손 위에 얹었다. 그녀는 고개를 들고 그의 이름을 입 속에서 부르며 무엇인가 말을 하려고 했다.

"아니야, 로즈 양."

방앗간 주인이 부드럽게 말했다.

"지금은 아무 말도 하지 말아요. 울고 싶을 때는 조용히 우는 것이 약이야."

스스로 많은 슬픔을 겪어온 이 늙은 방앗간 주인은 다른 사람의 슬픔을 지워주는 데 마술사와 같은 재주를 갖고 있는 듯했다. 체스터 양의 흐느낌은 차차 가라앉았다. 그녀는 가장자리에 수를 놓지 않은 작은 손수건으로 에이브람 목사의 큰 손 위에 떨어진 눈물을 닦으며 눈물이 고인 눈으로 생긋 웃었다. 에이브람 목사가 슬픔 속에서도 웃음을 지을 수 있는 것처럼, 체스터 양도 눈물이 채 마르기 전에 미소를 지을 수 있었다. 그런 점에서 두 사람은 매우 비슷했다.

방앗간 주인은 아무 말도 묻지 않았지만 체스터 양이 먼저 이야기를 꺼냈다.

젊은 사람에게는 매우 중요하고, 듣는 어른들에게는 미소를 자아내는 그런 이야기였다. 이만하면 대강 짐작할 수 있는 사랑의 문제였다. 선량하고 훌륭한 청년이 애틀랜타에 살고 있었다. 그는 애틀랜타는 물론 북으로는 그린란드에서부터 남으로는 파타고니아에 이르기까지 찾아보아도 체스터 양만 한 여자가 없다고 생각하고 있었다. 그녀는 자기가 읽으면서 흘린 눈물 자국이 있는 편지를 에이브람 목사에게 보였다. 남자답고 정다우면서도 착한 젊은이라면 누구나 한 번은 쓰게 되는 열렬한 연애 편지였다. 그는 체스터 양과 곧 결혼하고 싶다고 했다. 그리고 그녀가 긴 휴가를 떠나서 대단히 외롭다고 말하고, 또 답장을 해달라고 하면서 만일 허락을 받으면 기차편이 불편하더라도 곧 레이크랜드로 오겠다는 내용이었다.

"그런데 무엇 때문에 걱정하고 있는 거지?"

방앗간 주인은 편지를 다 읽고 나서 이렇게 물었다.

"저는 이 사람하고 결혼할 수 없어요."

체스터 양이 대답했다.

"왜, 이 남자하고 결혼하고 싶지 않은가?"

에이브람 목사가 물었다.

"저는 이 사람을 사랑하고 있어요. 그렇지만……."

그녀는 고개를 숙이고 다시 흐느껴 울었다.

"자, 로즈 양."

방앗간 주인이 말했다.

"무엇이든 주저하지 말고 얘기해봐요. 구태여 캐묻고 싶지는 않지만, 나를 믿어도 된다고 생각하는데."

"물론 목사님을 믿어요."

체스터 양이 말했다.

"제가 무엇 때문에 랄프의 청혼을 거절해야 하는지 말씀드릴게요. 저는 어느 집 출신인지도 몰라요. 이름조차도 없어요. 제 이름은 멋대로 지은 것이에요. 그런데 랄프는 훌륭한 집안 사람이에요. 저는 마음 깊이 그를 사랑하고 있지만 그와 결혼할 수 없어요."

"그게 무슨 엉뚱한 소리야?"

에이브람 목사가 말했다.

"체스터 양은 언젠가 부모를 알고 있다고 했지? 그런데 이름도 없다니. 나는 도무지 영문을 모르겠는데."

"제가 양친을 기억하고 있는 것은 사실이에요."

체스터 양이 말했다.

"제가 아주 생생하게 기억할 수 있는 것은 남부 어느 지방에서 살았던 때의 일이에요. 우리 가족은 도시로 시골로 여러 번 이사를 다녔어요. 저는 목화를 따기도 하고 공장에서 일하기도 했어요. 물론 충분하게 먹지도 입지도 못하는 때가 많았지만요. 어머니는 때때로 잘해주셨지만, 아버지는 항상 거칠게 대하시고 어떤 때는 매질까지 하셨어요. 두 분은 너무 게을러서 자리를 잡지 못했던 것 같아요. 우리가 애틀랜타 근처에 있는 강가의 어느 조그마한 거리에 살고 있었던 어느 날 밤에 두 분은 큰 싸움을 한바탕 벌였어요. 서로 입에 담지 못할 욕을 퍼부으며 위협을 할 때…… 아, 에이브람 목사님, 그때 저는 남의 아내가 될 자격이 없다는 것을 알았어요. 저에게는 이름도 없었어요. 그들은 제 친부모가 아니었어요. 저는 그날 밤에 집을 나왔어요. 애틀랜타까지 걸어가서 일자리를 얻었어요. 전 로즈 체스터라는 이름을 짓고, 그 후 혼자서 살아왔어요. 이제는 제가 랄프와 결혼을 할 수 없다는 이유를 아시겠죠. 제가 어떻게 이런 이야기를 그에게 하겠어요?"

어떠한 동정이나 연민보다도 효과를 가져온 것은 그가 그녀의 슬픔이 대수롭지 않다고 말한 것이었다.

"체스터 양, 그런 일 가지고 뭘 그래? 그게 무슨 상관이 있다고! 나는 큰 문제라도 있는 줄 알았지. 그 청년이 정말로 남자다운 사람이라면 로즈 양의 집안 형편 같은 것은 조금도 개의치 않을 거야. 로즈 양, 그가 사랑하고 있는 것은 다른 아무것도 아닌 바로 로즈 양 자신이야. 그러니 지금 나에게 한 이야기를 그대로 그에게 말하도록 해요. 그는 반드시 그 일은 상관도 하지 않고 오히려 그 이유 때문에 로즈 양을 더 사랑하게 될 거야."

"저는 절대로 말하지 않겠어요."

체스터 양은 슬픔에 젖어 말했다.

"저는 그이와도 그 누구와도 결혼하지 않을 거예요. 자격이 없으니까요."

그때, 석양이 비치는 길에 길게 그림자를 드리우며 어떤 사람이 오는 것이 보였다. 그 옆에서 짧은 그림자가 나란히 따라왔다. 그들이 누구인지는 명확하지는 않았지만 교회로 다가왔다. 자세히 보니 긴 그림자는 오르간 연습을 하러 오는 피비 서머즈 양이고, 짧은 그림자는 열두 살 난 토미 티그였다. 그날은 토미가 피비 양을 위해 오르간에 바람을 넣는 날이었다. 그는 맨발로 길 위에 먼지를 내며 의기양양하게 뛰어왔다.

라일락 꽃 무늬가 있는 옷을 입고, 양쪽으로 곱슬머리를 단정하게 늘어뜨린 피비 양은 고개를 숙여 에이브람 목사에게 인사를 하고 체스터 양에게는 가볍게 고개를 숙여 인사했다. 그러고 나서 그녀는 조수와 함께 가파른 계단을 올라 오르간이 있는 곳으로 들어갔다.

층계 아래로 어둠이 짙어지기 시작했어도 에이브람 목사와 체스터 양은 그 자리를 떠날 줄 몰랐다. 그들은 제각기 자신의 기억을 더듬고 있는 듯했다. 체스터 양은 팔로 턱을 괴고 먼 곳을 똑바로 바라보고 있었다. 에이브람 목사는 옆에 선 채 문 밖의 길과 황폐한 시골집을 내다보고 있었다.

이 풍경은 그를 20년 전의 옛날로 돌아가게 했다. 토미가 열심히 펌프질을 하고 피비 양은 저음의 건반을 누르며 공기의 양을 시험해보고 있었기 때문이었다.

에이브람 목사의 눈앞에는 교회가 이미 사라졌다. 이 조그마한 목조 건물을 흔드는 진동 소리는 오르간 소리가 아니라 물레방아가 돌아가는 소리가 되었다. 옛날로 되돌아가서 물레방아는 여전히 돌아가고, 자기는 밀가루투성이인 명랑한 산골 방앗간 주인이 된 기분이었다. 이윽고 저녁때가 되어, 어글레이어가 곱슬거리는 금발을 휘날리며 아장아장 길을 건너와서 저녁 식사 준비가 다 되었다고 알리러 올 것만 같았다. 에이브람 목사는 옛 시골집의 부서진 문짝을 묵묵히 바라보고 있었다.

그때, 또 하나의 기적이 일어났다. 위층에는 밀가루 포대가 줄줄이 쌓여 있었다. 쥐가 밀가루 포대를 쏟아놓았는지 크게 울리는 파이프 오르간 소리에 2층 마루 틈에서 밀가루가 떨어져 에이브람 목사를 머리부터 발끝까지 새하얗게 뒤덮어버렸다. 그러자 늙은 물레방아 주인은 문 밖으로 나가더니 손을 흔들면서 방앗간 노래를 흥얼거리기 시작했다.

물레방아 돌아가며,
방아를 찧네.
가루 쓴 방아 영감 싱글벙글,
온종일 콧노래 흥얼흥얼.

바로 그때, 기적이 또 다른 기적을 낳았다. 체스터 양은 신자석에서 일어나더니 밀가루처럼 창백한 얼굴에 두 눈을 크게 뜨고 꿈꾸는 사람처럼 에이브람 목사를 바라보았다. 그가 물레방아 노래를 하자 그녀는 그를 향해 두 손을 내밀었다. 그녀의 입술이 움직였다. 그녀는 그를 향해 꿈속의 사람을 보듯이 말했다.

"아빠, 덤즈를 집에 데려다줘요!"

피비 양은 오르간의 저음부 건반에서 손을 떼었다. 그녀는 훌륭한 일을 한 것이었다. 그녀가 친 멜로디가 닫혔던 기억의 문을 열어준 것이었다. 이리하여 에이브람 목사는 잃었던 어글레이어를 다시 품안에 안게 되었다.

레이크랜드를 찾아간다면, 이 이야기를 더 자세하게 들을 수 있을 것이다. 이 이야기의 다음이 어떻게 되었는지, 그리고 9월의 어느 날 그녀가 너무나 귀여워서 방랑자가 유괴해간 후의 이야기를 마을 사람들이 들려줄 것이다. 그러나 그러자면 '독수리 집'의 그늘진 마루에 편안히 앉을 때까지 기다려야 한다. 그때 가서야 자세한 이야기를 들을 수 있을 것이다. 그리고 피비 양이 친 커다란 저음의 여운이 남아 있을 때, 이 이야기를 끝내는 것이 가장 좋을 것 같다.

그러나 내 생각으로는, 이 이야기 중에서 가장 아름다운 대목을 덧붙이는 것이 좋겠다. 에이브람 목사와 그의 딸이 기뻐서 어쩔 줄을 모르며 황혼길을 걸어 '독수리 집'으로 돌아가는 길에 있었던 일이다.

"아버지."

그녀는 쑥쓰러워하면서, 아직도 믿어지지 않는다는 듯이 말했다.

"아버지는 돈이 많으신가요?"

"돈이 많냐고? 그거야 정도 문제겠구나. 저 하늘에 달님 같은 것을 사달라고 조르지 않는다면야 돈이 있다고 해도 괜찮을 거야."

"애틀랜타에 전보를 치려면 돈이 많이 드나요?"

항상 적은 돈도 차곡차곡 모아두던 어글레이어가 물었다.

"아하."

아버지는 나직이 한숨을 지으며 말했다.

"랄프를 불러야 하겠군그래."

어글레이어는 웃음을 지으며 아버지를 쳐다보았다.

"저 그이한테 기다려달라고 말할 거예요."

그녀가 말했다.

"아버지를 이제야 찾았으니, 얼마 동안 아버지하고 지내고 싶어요. 그래서 그이에게 기다려달라고 말하고 싶은 거예요."

추수감사절의 두 신사

우리에게 명절이라고 할 수 있는 날이 하루 있다. 자수성가하지 못한 우리 미국 사람이 고향집에 돌아가서 소다를 넣은 비스킷을 먹으며, 낡은 양수기가 어릴 때보다 현관 쪽으로 더 가까이 있는 것 같아 보인다는 생각을 하게 되는 그런 날이 있다. 이날에 축복이 있으리라. 이 날은 루스벨트 대통령이 우리에게 마련해준 것이다. 우리는 청교도들의 추수감사절에 대한 이야기를 종종 듣지만 그들이 누구인지 기억하지 못한다. 만약 그들이 이 땅에 다시 상륙을 시도한다면, 우리는 틀림없이 그들을 퇴각시킬 수 있다. 플리머드록 종^{*}으로? 글쎄, 참으로 귀에 익숙한 소리다. 칠면조 조합이 생긴 후로

---

* 청교도들이 상륙한 항구에 있는 바위로, 여기서는 미국산 닭의 한 종류인 플리머드록을 함께 지칭한다.

대부분의 사람들은 칠면조 대신 닭을 먹게 되었다. 워싱턴에 사는 어떤 사람이 추수감사절에 관한 선언이 있을 것이라는 소식을 미리 누설하고 있나 보다.

뉴욕에서는 추수감사절이 제도화되어 있다. 11월의 마지막 목요일이 바로 그날인데, 이날은 뉴욕이 미국을 인식하는 1년 중 단 하루이다. 이날은 순수하게 미국적인 날이다. 오직 미국만의 기념일인 것이다.

대서양 이쪽에 있는 미국의 전통은 국민들의 각성과 진취성 덕택으로 영국의 전통보다 훨씬 빠른 속도로 자리를 잡아가고 있는 것이다.

스터피 피트는 동쪽 입구에서 유니온 광장 쪽으로 가다보면 있는 분수대 맞은편 산책길 세 번째 벤치에 자리잡고 앉았다. 9년 동안 그는 추수감사절이 되면 꼭 1시에 이 자리에 나타났다. 그때마다 영국의 소설가 찰스 디킨스의 소설에서처럼 가슴 위의 조끼뿐만 아니라 등 뒤까지 불룩해질 정도로 포식을 할 수 있는 일이 생겼다.

그러나 스터피 피트는, 자선가들이 생각하듯이 오랫동안 가난한 사람들을 괴롭히는 굶주림 때문이라기보다는 오히려 습관에 따라 연례적으로 찾아오던 장소에 나타난 것처럼 보였다.

확실히 피트는 배가 고프지 않았다. 그는 음식을 잔뜩 먹고 숨 돌릴 사이도 없이 곧바로 오는 길이었다. 싱싱하지 않은 구즈베리 열매 같은 두 눈은 퉁퉁하고 기름기 흐르는 가면 같은 얼굴에 풀로 붙인 양 단단히 박혀 있었다. 그는 씨근대며 가쁘게 숨을 쉬었다. 상원의원처럼 비만한 그의 체구와 위로 접어올린 윗옷 깃은 잘 어울리지 않았다. 친절한 구세군이 일주일 전에 달아준 단추가 마치 팝콘이 튀듯이 땅에 떨어졌다. 그러자 셔츠 앞자락이 벌어져 명치끝이 드러나 우스워 보였다. 그러나 눈송이를 흩날리는 11월의 싸늘한 바람은 고맙게도 그를 시원하게 해주었다. 왜냐하면 스터피 피트는 굴에서 시작하여 그가 세상에서 제일 좋아하는 칠면조 구이, 구운 감자, 닭고기 샐러드, 호박 파이와 아이스크림이 나온 후에 건포도를 넣은 푸딩으로 끝나는 진수성찬을 먹은 덕분에 열량이 넘쳐흐르고 있었기 때문이다. 그는 이렇게 포식을 하고 벤치에 앉아, 식후의 오만한 마음으로 세상을 바라보고 있었다.

예기치 못했던 식사였다. 그는 5번가 입구 근처에 있는 붉은 벽돌집을 지나고 있었다. 그 집에는 전통을 숭상하는 오랜 가문의 두 노파가 살고 있었다. 그들은 뉴욕의 존재를 부정했으며, 추수감사절은 워싱턴 광장을 위해서만 선포된 것이라고 믿고 있었다. 그들의 여러 가지 전통적인 관습 중의 하나는 이 날 후문에 하인을 세워놓고 정오가 지난 후에 처음 지나가는 배고픈 나그네를 불러들여 만찬 대접을 하는 것이었다. 스터피 피트는 공원으로 가는 길에 우연히 그곳을 지나가다가 그 집 하인에게 이끌려서 그 저택의 관습에 따라 대접을 받게 된 것이었다.

스터피 피트는 10분 동안 앞만 응시하다가 옆을 보고 싶은 생각이 들어 몹시 애를 써서 고개를 서서히 왼쪽으로 돌렸다. 바로 그때, 그의 두 눈은 두려움에 화등잔만 해졌고 숨마저 막히는 듯했다. 그의 짧은 다리 끝에 신겨 있는 징 박은 구두가 비틀대며 자갈 위에서 소리를 냈다.

왜냐하면 노신사가 4번가를 가로질러 그가 앉아 있는 벤치를 향해 다가오고 있기 때문이었다.

9년 동안 이 노신사는 추수감사절마다 이곳을 찾아와서 스터피 피트를 이 벤치에서 만났다. 노신사는 그 일을 하나의 전통으로 삼으려고 했다. 그래서 9년 동안이나 해마다 추수감사절이면 그는 스터피를 이곳에서 만나 레스토랑으로 데리고 가서 성찬을 대접하고 먹는 모습을 지켜보았다. 영국에서는 이런 일이 자연스럽다. 그러나 이 나라는 역사가 짧다. 그런데도 이런 일이 9년 동안이나 계속되었다는 것은 대단한 일이다. 미국의 강직한 애국자인 그 노신사는 스스로 미국의 전통을 세우는 선구자라고 자부했다.

어떤 것이고 생생하게 정착시키기 위해서는 오랫동안 계속해서 한 가지 일을 해야만 한다. 산업 보험을 운영할 때 매주 10센트씩 거둬들이는 것과 흡사하다. 또 거리를 청소하는 것도 마찬가지다.

그 노신사는 자기가 뜻하고 있는 관례를 정당하게 이행해왔다. 사실이지, 스터피 피트에게 해마다 식사 대접을 한다는 것은 영국의 대헌장이나 아침에 잼을 먹는 것과 같은 국가적인 일은 물론 아니다. 그러나 그것은 국가적인 성격을 이룩하는 첫 단계로 어느 정도 습관적으로 굳어졌다. 적어도 뉴욕 사람들, 더 나아가서 미국인에게 어떤 관습이 형성될 수도 있다는 것을 설명해준다.

예순이나 된 그 노신사는 호리호리하고 키가 컸다. 그는 검은색 옷차림에 코끝에 제대로 붙어 있지도 않는 구식 안경을 쓰고 있었다. 그는 작년보다 백발이 더 늘었고 머리숱은 더 적어졌다. 그리고 손잡이가 굽은 울퉁불퉁한 단장에 전보다도 더 의지하는 것같이 보였다. 단골 자선가가 다가오자 스터피는 씨근거리며, 마치 주인 마님을 따라가던 토실토실한 개가 길에서 으르렁대는 큰 개를 만났을 때처럼 몸을 떨었다. 가능하다면 훌쩍 날아가버렸을 것이다. 그러나 비행선을 발명한 산투스 두몽의 재간이라도 그가 벤치를 떠나게는 못했을 것이다.

"안녕하십니까?"

노신사가 말을 꺼냈다.

"세월이 흘러도 변하지 않으시고 건강한 모습으로 이 좋은 세상을 거니는 것을 보니 반갑습니다. 그 한 가지 축복만으로도 추수감사절은 우리 모두에게 좋은 일일 것이외다. 자, 나를 따라오시오. 영육이 함께 어울리도록 몸을 보양할 음식을 마련해주리다."

9년 동안, 추수감사절이면 노신사는 항상 이렇게 말했다. 이 말 자체가 거의 하나의 관습이 되었다. 독립선언문을 제외하고는 이 말투와 비교될 만한 것이 아무것도 없었다. 전에는 항상 이 말이 스터피에게 음악처럼 들렸다. 그러나 이제 스터피는 눈물겨운 고통을 느끼며 노신사의 얼굴을 쳐다보았다. 탐스러운 눈송이가 땀이 솟은 그의 이마에 떨어지면서 녹아버렸다. 그러나 노신사는 약간 몸을 떨며 바람을 등지고 돌아섰다.

스터피는 왜 그 노신사가 슬픈 어조로 말을 하는지 항상 의아하게 생각했다. 노신사가 대를 이을 아들을 원하고 있다는 것을 스터피가 알지 못했기 때문이었다. 자기가 죽고 난 후에도 그곳을 찾아올 아들, 노년기에 들어선 스터피 앞에 자랑스럽고 떳떳하게 서서 "부친의 뜻을 받들어"라고 말할 수 있는 아들, 그러한 아들을 그는 갖고 싶었다. 그렇게 되면 이 일은 하나의 관례가 될 것이었다.

그러나 그 노신사는 친척이라곤 하나도 없었다. 그는 공원 동쪽의 적막한 거리에 있는 옛 가문의 낡은 갈색 벽돌집에서 셋방살이를 하고 있었다. 겨울이면 그는 여행용 가방 크기만 한 온실에서 관상 식물을 키웠다. 봄이면 부활절 행렬에 끼었고, 여름이면 뉴저지 주에 있는 농가에 살면서 등의자에 앉아 언젠가는 찾길 바라는 귀한 잠자리 이야기를 하며 지냈다. 가을이 되면 스터피에게 성찬을 대접했다. 이러한 것들이 노신사가 하는 일이었다.

스터피 피트는 자기 연민 속에서 어쩔 줄 모르고 조바심을 하며 잠시 그를 쳐다보았다. 노신사의 눈은 적선의 기쁨으로 빛났다. 그의 얼굴에는 주름살이 해마다 늘고 있었지만, 조그마한 검은 나비 넥타이를 여전히 단정하게 매고 있었다. 그리고 와이셔츠는 산뜻하게 새하얗고, 회색 콧수염은 양끝을 우아하게 꼬아 올렸다. 스터피는 마치 콩이 냄비 속에서 부글부글 끓는 것 같은 소리로 웅얼웅얼 대답했다. 무엇인가 말을 하려고 했던 것이다. 노신사는 전에도 아홉 번이나 그런 소리를 들었으므로 "고맙습니다, 선생님. 따라가지요. 감사합니다, 선생님. 저는 아주 배가 고파요"라는 판에 박힌 수락의 의미로 받아들였다.

스터피는 혼수 상태에 빠질 정도로 과식을 했지만, 자기가 어떤 관례의 밑거름이 되고 있다는 생각이 그의 마음속을 떠나지 않았다. 추수감사절에 갖는 그의 식욕은 이제 그 자신의 것이 아니라, 모든 기존 관습에 따라 선취자인 자비로운 노신사의 것이 되었다. 사실이지 미국은 자유의 나라다. 그러나 관례를 세우기 위해서는 무엇이든 순환 소수처럼 반복돼야 한다. 영웅이라고 모두 철강이나 금제 무기를 휘두르는 것이 아니다. 신통치 않게 은 도금을 한 무기나 양철로 된 무기를 다루는 영웅도 있다.

노신사는 그의 연례적인 보호자를 남쪽에 있는 레스토랑으로 데리고 가서 그들의 향연이 항상 벌어지던 식탁에 앉았다. 사람들이 그들을 알아보았다.

"저 영감님 또 오시네."

웨이터가 말했다.

"감사절이면 해마다 같은 거지에게 식사 대접을 하는 그 노인 말야."

노신사는 그을린 진주처럼 번쩍이는 식탁을 마주하고 앞으로 오랜 전통의 주석(柱石)이 될 주춧돌에 앉았다. 웨이터들은 식탁 위에 명절 음식을 잔뜩 차려놓았다. 스터피는 배가 고파서 나오는 소리로 오인될 한숨을 쉬면서 나이프와 포크를 잡고 불멸의 월계관과 같은 음식을 잘라 먹었다.

아무리 용감하다 하더라도 이렇게 적진을 뚫고 진격한 영웅은 없다. 칠면조와 양고기, 수프, 야채, 파이 등이 나오기가 무섭게 없어졌다. 그가 레스토랑에 들어설 때만 해도 배가 잔뜩 불러서 음식 냄새가 신사의 체면을 실추시킬 정도로 메스꺼웠으나, 그는 참다운 기사처럼 마음을 가다듬었다. 그는 노신사의 얼굴에 자선의 기쁨이 떠오르는 것을 보았다. 그 표정은 관상 식물을 키우거나 귀한 잠자리를 발견했을 때보다도 더 기쁜 표정이었다. 그래서 그는 이러한 행복이 사그라지는 것을 차마 볼 수가 없었다.

스터피는 1시간 만에 음식을 다 먹고 나서 승리감에 싸여 등을 기대고 앉았다.

"고맙습니다, 선생님."

그는 바람이 새는 증기 파이프처럼 숨차게 말했다.

"진심에서 마련해주신 음식, 잘 먹었습니다."

이렇게 말을 마친 그는 흐릿한 눈으로 간신히 일어나서 주방 쪽으로 걸어갔다. 어떤 웨이터가 그를 팽이처럼 돌려세우더니 문 쪽으로 그를 보냈다. 노신사는 은화로 1달러 30센트를 지불하고, 5센트짜리 백동화 3개를 팁으로 웨이터에게 주었다.

해마다 그러했듯이 그들은 문 앞에서 헤어져, 노신사는 남쪽으로 그리고 스터피는 북쪽으로 갔다.

스터피는 첫 모퉁이를 돌아서 잠시 서 있었다. 그러고 나서 그는 마치 올빼미가 깃털을 퍼덕이듯이 누더기 옷을 펄럭이며 일사병에 걸린 말처럼 보도에 쓰러졌다.

구급차가 왔다. 젊은 외과 의사와 운전자는 그가 무겁다며 가볍게 투덜거렸다. 술을 먹은 냄새가 없어서 순찰차에 옮겨 실을 수가 없었다. 그래서 스터피와 그가 먹은 두 끼의 식사는 병원으로 옮겨졌다. 병원에서는 그를 침대 위에 눕힌 다음, 메스를 들고 병명을 찾기 위해 진찰을 시작했다.

그런데 1시간 뒤에 그 노신사가 다른 구급차에 실려왔다. 의사들은 그를 또 다른 침대에 눕히고 맹장염이라는 진단을 내렸다. 왜냐하면 그는 치료비를 충분히 낼 만하게 보였기 때문이었다.

잠시 후에 한 젊은 의사는 그가 좋아하는 눈매를 가진 젊은 간호사와 만나 환자에 대한 이야기를 했다.

"저기 있는 멋쟁이 노신사 말인데."

의사가 말했다.

"믿기 힘들겠지만, 저 사람 거의 굶어 죽어가는 환자야. 내 생각으로는 훌륭한 가문 출신인 것 같은데, 그가 나한테 말하기를 3일 동안이나 아무것도 먹지 못했다는 거야."

# 비법의 술

 술집에 성직자들이 찾아와 축복하고 만찬을 들기 전에 높으신 어른들이 칵테일을 마시는 것으로 보아 카페 이야기를 꺼낸다 해도 나쁠 것은 없을 것 같다. 음주를 혐오하는 사람이라면 자기 좋은 대로 귀를 기울이지 않으면 된다. 그러나 음식점 자동 판매기에 10센트짜리 동전 하나만 떨구면 언제고 마티니 한 잔이 나온다는 사실을 잊지 말기 바란다.
 콘 랜트리는 케닐리 카페의 직원으로 술과 관계 없는 부서에서 일하는 청년이었다. 손님들이 이쪽 편에서 거위처럼 외발을 하고 이번 주 주급을 자진하여 탕진하고 있을 때, 깨끗하고 얌전하고 명석하고 정중하고 틀림없고 믿을 만하고 젊고 책임감이 강한 콘은 하얀 재킷을 입고 반대편에서 서성이다가 손님들의 돈을 받아갔다.
 이 카페는 평행사변형 꼴의 작은 블록에 위치하고 있었다. 이 지역의 주민들이라고는 세탁소를 하는 사람들과 몰락한 네덜란드 이주민들과 보헤미아인들뿐이었는데, 서로 아무런 교류도 하지 않으며 살고 있었다.

케닐리와 그의 가족은 이 카페를 운영하여 생활했다. 딸 캐더린은 까만 아일랜드인의 눈을 하고 있었는데, 이런 이야기는 여러분들에게 소용이 없을 것이다. 여러분들에게는 제럴딘이나 엘리젠이 있지 않은가! 여러분은 여러분의 애인으로 만족해야 할 것이다. 왜냐하면 캐더린은 콘이 꿈꾸고 있는 여자이기 때문이다. 캐더린이 뒤쪽의 층계 밑에서 저녁 식사 전에 맥주 한 잔을 조용히 청할 때면 콘의 가슴은 쉐이커 속에 담긴 밀크 펀치처럼 마구 뛰었다. 로맨스의 규칙은 질서다. 손님이 주머니 속 전 재산을 탕진하고 마지막 실링을 테이블 위에 내동댕이치면서 위스키를 청할 때쯤 되면, 바텐더는 그 돈을 받아들고 와서 주인집 딸과 결혼하게 되는 것이다. 그리고 모든 일이 좋게 되어간다.

그러나 콘의 경우는 사정이 달랐다. 여자 앞에 서면 혀가 얼어붙고 얼굴이 새빨개졌다. 그는 붉은 펀치 한 잔을 마시고도 수다쟁이가 되어 큰소리를 치는 젊은이들을 한번 쏘아본 다음 찬물을 끼얹고, 소란 피우는 자들을 레몬 짜는 기계로 박살을 내고, 하얀 고급 무명 넥타이에 주름 하나 가지 않게 하고 싸움박질하는 놈들을 번쩍 들어 수챗구멍에 메어꽂는 사람이지만 여자 앞에만 서면 말문이 막히고, 몸 둘 바를 모르고, 더듬거리고, 수줍음과 곤혹의 뜨거운 눈사태 밑에 묻혀버렸다. 그러면 캐더린 앞에서는 어떠했는가? 할 말을 찾지 못하여 부들부들 떨기만 했다. 태양 같은 애인 앞에서 날씨

이야기를 한 모든 연인 중에서 가장 비참한 남자였다.

케닐리 카페에 얼굴이 검게 탄 두 남자가 들어섰다. 이름은 라일리와 맥쿼크였다. 이들은 케닐리와 무슨 말인가 주고받더니 뒷방 하나를 차지하고 병, 사이펀, 컵, 비커 따위를 산더미처럼 풀어놓았다. 카페에서 쓰는 모든 기구와 술이 방 안에 있었으나 그들은 술을 마시지 않았다. 하루 종일 땀을 뻘뻘 흘리면서 이름도 모를 갖가지 술과 주정(酒精)을 따르고 섞었다. 라일리는 학교라도 다녔는지 수북이 쌓인 종이에 더하고 빼고 곱하고 나누면서 갤런을 온스로 쿼트를 드럼으로 고치고 있었다. 붉은 눈에 표정이 침울한 맥쿼크는 실패로 끝난 배합주를 하수구에 내버리면서 조용하고 굵고 목쉰 음성으로 욕설을 해댔다. 마치 두 사람의 연금술사가 일반 원소에서 금을 얻어내려고 애쓰듯, 그들은 지칠 줄 모르고 어떤 신묘한 배합주를 얻어내기에 여념이 없었다.

어느 날 저녁 카페를 돌아보던 콘이 이 뒷방에 들어섰다. 그는 아무도 술을 마시러 오지 않는 바의 이 희한한 바텐더를 보자 직업적인 호기심이 발동하였다. 이들은 케닐리에 산더미같이 쌓인 술을 소모해가면서 소득 없는 실험을 하루도 빠짐없이 계속하고 있었던 것이다.

이때 뒤층계로 캐더린이 내려왔다. 얼굴엔 떠오르는 태양같이 환한 미소가 번지고 있었다.

"랜트리 씨, 안녕하세요? 오늘은 좋은 소식이 있나요?"

"비, 비가 올 것 같군요."

콘은 수줍어서 벽 쪽으로 뒷걸음질치며 더듬더듬 말했다.

"그것 참 잘됐네요. 물보다 더 좋은 것이 있겠어요?"

캐더린이 말했다.

뒷방에서는 라일리와 맥쿼크가 수염 달린 마녀들이 이상한 배합물을 놓고 주무르듯 열심히 일하고 있었다. 맥쿼크는 라일리가 계산해낸 숫자에 따라 50개의 병에서 조심스럽게 술을 따라 계량한 다음 이 모두를 큰 그릇에 담아 흔들었다. 그런 다음 맥쿼크는 상스러운 욕설을 내뱉으면서 쏟아버리고는 다시 시작하는 것이었다.

"앉으시오. 얘기해줄 테니까."

라일리가 콘에게 말했다.

"지난 여름, 나하고 맥쿼크는 니카라과에 미국 술집을 차리면 돈벌이가 될 거라는 결론을 얻었소. 바닷가에 작은 도시가 있었는데 먹을 것이라고는 키니네뿐이고, 마실 것이라고는 럼주뿐 그 외에는 아무것도 없는 곳이었소. 토착인, 외국인 할 것 없이 자리에 누우면 오한이요, 아침에 일어나면 열병을 앓았는데, 이런 모든 열대병에는 잘 배합된 칵테일 한 잔이면 쉽게 낫지.

그래서 우리는 뉴욕에서 좋은 술과 필요한 기구와 유리 그릇을 챙겨두었다가 영국 배를 타고 산타팔마로 떠났소. 항해 도중 나와 맥쿼크는 나는 물고기도 보고 선장과 선원들과 어울려 세븐업*도 했지. 벌써부터 남회귀선 지대의 칵테일의 왕이 된 것 같은 기분이었소.

시간이 얼마쯤 지나자 선장이 우리를 우현 조정실로 불러들여 몇

---

* 카드 놀이의 일종.

가지 사실을 알려주었소. 우리는 꽤 많은 술과 얼마 안 되는 돈을 가지고 있었지. '여보게들, 내 자네들에게 이야기해준다는 것을 잊고 있었네. 니카라과는 병에 든 제품의 수입에 대해 48퍼센트의 세금을 부과한다네. 대통령이 신시내티 발모제를 고추 소스로 잘못 처리해서 입은 손해를 만회하자는 심산이지. 하지만 통에 든 상품은 면세라네.' '좀 일찍 말씀해주셨으면 좋았을 것을 그랬군요.' 우리는 이렇게 대답한 다음 선장에게서 42갤런짜리 통을 두 개 사서, 가지고 있는 모든 병을 따서 그 속의 술을 이 두 통에 몽땅 쏟아부었소. 48퍼센트의 세금을 문다면 우리는 파산이었거든. 그래서 술을 내버리는 것보다는 낫다는 생각에서 모험 삼아 1,200달러어치의 칵테일을 만든 것이오.

상륙한 후 통 하나를 열었소. 배합주는 대실패였지. 가슴이 찢어질 것 같았소. 그것은 바우어리가(街)의 땅콩 수프 빛깔이었고, 하는 일이 뜻대로 안 되어 가슴앓이를 할 때 마시던 대용 커피와 같은 냄새가 났소. 원주민에게 맛을 보라고 주었더니 넉 잔을 마시고는 코코아나무 밑에 누워 3일 동안 발꿈치로 모래밭을 두들기면서 뻗어 있더군. 물론 품질 보증 서명을 받지 못했소.

그러나 다른 통에 든 것은! 이봐요, 바텐더 양반, 당신은 혹시 노란테를 두른 밀짚모자를 쓰고 주머니에는 800만 달러를 넣고 예쁜 아가씨와 풍선을 타고 하늘로 두둥실 올라가본 적 있소? 그 술을 30방울만 맛보면 바로 그런 기분이 된다오. 그 술 두 잔만 뱃속에 넣으면 황홀한 나머지 두 손으로 얼굴을 싸잡고 엉엉 흐느끼지. 생각해보시오. 좋은 술을 맛보는 것보다 더 값진 일이 세상에 어디 있겠소? 바로 이거였소. 두 번째 통 속에 든 술맛은 전쟁과 돈과 가장 행복한 인생의 정수를 뽑아낸 맛이었소. 황금빛을 띠면서도 유리알처럼 맑은 것이 해가 막 떨어진 다음의 저녁놀처럼 빛났소. 앞으로 천 년은 지나야 바에 가서 그런 술맛을 볼 수 있을 거요.

그래서 우리는 이것으로 장사를 시작했는데, 말도 마시오. 그 나라의 높으신 양반들이 벌 떼처럼 달라붙었소. 만일 그 술이 무진장 있었다면 니카라과는 세상에서 가장 위대한 나라가 되었을 거요. 오전에 문을 열면 장군, 대령, 전직 대통령, 혁명가들이 떼를 지어 몰려와서 한 잔 마시려고 거리에 장사진을 이루었소. 처음에는 한 잔에 50센트씩 받았는데, 마지막 남은 10갤런은 한 모금에 5달러를 받는데도 금세 동이 났소. 기막힌 맛이었지. 몇 잔 들이켜면 용기와 야망이 샘솟고 무슨 일이라도 해낼 배포가 용솟음쳤소. 어디 그뿐인가? 가진 돈이 닳아빠진 헌 돈이든 조폐공사에서 갓 나온 새 돈이든 마구 쓰는 거요. 이 술통의 배합주가 절반 가량 없어지자 얼큰해진 니카라과는 국채를 못 갚겠노라고 선언하고 담배 관세를 파기했으며 미국과 영국에 대해 선전 포고까지 하려 했소.

우리가 이 술의 왕자를 발견한 것은 우연이었으니까, 운만 좋으면 그 비법을 다시 찾아낼 수 있을 거요. 일을 시작한 지 벌써 열 달이나 되었소. 긴 시간이지. 그동안 술에 관해 알려진 모든 지식을 동원해서 몇 통을 섞어보았는지 모르오. 우리가 이렇게 허비한 브랜디, 위스키, 코디알, 쓴 맥주, 진, 포도주를 합치면 술집 열 개는 차리고도 남을 거요. 이 영광의 술이 아직도 세상의 빛을 보지 못하고 있다니! 이건 막대한 금전적 손실이자 엄청난 슬픔이오. 만약 이 술이 만들어진다면, 미국은 이 놀라운 술을 대환영할 것이고 그것으로 거대한 이득을 얻을 것이오."

그러는 사이에도 맥쿼크는 라일리가 연필로 계산하여 넘겨주는 방법대로 갖가지 주정을 조금씩 따라 조심스럽게 측량하고 있었다. 배합이 완성된 술은 초콜릿을 풀어놓은 것 같은 고약한 빛깔이었다. 맥쿼크는 맛을 볼 때마다 다른 욕설을 내뱉으며 하수구에 쏟아 버렸다.

"사실이라면 참 희한한 이야기군요. 이제 저녁이나 먹으러 가야겠습니다."

콘이 말했다.

"한 모금 마셔보시오. 그 비법의 술만 없을 뿐, 없는 게 없으니까."

라일리가 말했다.

"물보다 독한 것은 아무것도 못 마셔요."

콘이 말했다.

"방금 계단에서 캐더린 양을 만났는데 진실로 값진 말을 했어요. 그 아가씨 말이 물보다 좋은 게 없다고 하더군요."

콘이 방에서 나가자마자 라일리가 주먹을 휘둘렀다. 맥쿼크는 등을 얻어맞고 쓰러질 뻔했다.

"아, 바로 그거야!"

그는 고함을 질렀다.

"우린 둘 다 똑같이 멍청이야. 배에 폴리나리스* 병이 일흔두 개

---

* 광천수 상표 이름.

나 있었어. 그걸 네가 땄지? 그걸 어느 통에 쏟아부었어? 어느 통이야? 이 돌대가리."

"가만 있자······."

맥쿼크가 느릿느릿 대답했다.

"우리가 두 번째로 연 통 속이었어. 옆구리에 파란 종이 딱지가 붙은 통."

"됐다! 됐어!"

라일리가 외쳤다.

"바로 그걸 빠뜨린 거야. 비법의 열쇠는 물이야! 다른 것은 틀린 것이 없어. 진열장에서 폴리나리스 두 병 꺼내와, 얼른! 난 배합률을 연필로 계산할 테니까."

한 시간쯤 후에 콘은 케닐리 카페로 걸어오고 있었다. 충직한 고용인은 휴식 시간에도 어떤 신비로운 힘에 이끌려 이렇게 온종일 일하던 곳 근처로 찾아드는 것이다. 경찰차 한 대가 문간에 서 있었다. 세 명의 기민한 경찰관이 밀기도 하고 끌기도 하면서 라일리와 맥쿼크를 차에 태우고 있었다. 두 사람 모두 눈과 얼굴이 터지고 멍든 것으로 보아 한바탕 신나게 싸움질을 한 게 틀림없었다. 그러나 그들은 알 수 없는 기쁨에 북받쳐 고함까지 지르면서 아직도 약간 남은 광적인 전투욕을 경찰관에게 발산하고 있었다.

"뒷방에서 둘이 싸웠다네."

케닐리가 콘에게 설명했다.

"게다가 노래까지 부르면서! 그건 너무했지. 닥치는 대로 두들겨 부셔서 거의 박살을 냈지만 그래도 선량한 사람들일세. 전부 보상

하겠다고 하더군. 신종 칵테일을 발명한다고 실험을 하고 있었지. 아마 내일 아침이면 별 탈 없이 풀려나올 걸세."

콘은 전쟁터를 구경할 요량으로 뒷방으로 발걸음을 떼어 놓았다. 홀을 지날 때 캐더린이 층계를 막 내려오고 있었다.

"랜트리 씨 안녕하세요? 바깥 날씨가 어때요?"

그녀가 말했다.

"아직도 비, 비가 올, 올 것 같습니다."

콘은 이렇게 말하면서 미끄러지듯이 홀을 지나갔다. 부드럽고 창백한 뺨이 붉게 물들어 있었다.

방 안은 술 냄새로 가득했다. 마룻바닥은 엎질러진 술로 얼룩져 있었고 깨진 병과 유리잔이 마구 널려 있었다.

라일리와 맥쿼크가 치른 전투는 실로 격렬했지만 우호적인 듯했다.

테이블 위에 눈금이 매겨진 32온스짜리 유리잔이 놓여 있었다. 그 유리잔 안에 두 스푼 가량의 액체가 남아 있었다. 내부에 햇볕을 가두고 있는 듯한, 찬란한 황금빛 액체였다.

콘은 냄새를 맡아보았다. 이어 그는 살짝 맛을 본 후 단숨에 마셔버렸다.

콘이 방에서 나와 홀을 지날 때 캐더린은 막 층계를 올라가는 참이었다.

"랜트리 씨, 무슨 뉴스가 없나요?"

그녀는 조롱하듯이 웃고 있었다.

콘은 그녀를 번쩍 들어 꼭 안았다. 그리고 입을 열었다.

"있고말고요. 우리 둘이 곧 결혼하게 되었다는 뉴스가 있지요."

"이거 봐요! 이봐요!"

캐더린이 어쩔 줄 모르며 외쳤다.

"그렇지 않으면…… 아아, 콘, 당신은 그 말을 할 용기가 어디서 생겼나요?"

도시물을 먹은 사람

　나에게는 알고 싶은 것이 두세 가지 있었다. 나는 궁금한 것을 참지 못하는 성미였기 때문에 사람들에게 물어보기 시작했다.
　여자가 핸드백 속에 무엇을 넣고 다니는지를 알아내는 데는 2주일이 걸렸다. 그런 다음 나는 어째서 매트리스가 두 쪽으로 되어 있는지를 알아냈다. 이런 것이 무슨 수수께끼같이 들렸던지 사람들은 이 진기한 질문을 처음에는 의아스럽게 생각했다. 나는 드디어 매트리스가 두 쪽으로 만들어진 것은 이부자리를 챙기는 여성들의 짐을 가볍게 하기 위한 것이라고 확신하게 되었다. 그러고서 나는 매트리스 두 쪽이 왜 똑같지 않느냐고 묻고 다녔다. 사람들은 아예 귀를 기울여주지 않았다. 나는 어리석을 만큼 고집스러웠다.
　세 번째로 내가 알고 싶은 것은 '도시물을 먹은 사람'으로 알려진 자들이 도대체 어떤 인물일까 하는 것이었다. '도시물을 먹은 사람'

은 분명히 한 가지 유형에 속할 텐데도 아리송하기 짝이 없었다. 비록 상상이나 관념에 불과하더라도 우리가 무엇을 파악하고자 하면 우선 구체적인 지식을 가져야만 한다. 예를 들어 나는 머릿속으로 어떤 사람의 모습을 철판에 새긴 조각만큼 선명하게 그릴 수 있다. 즉 그의 눈은 옅은 푸른색이다. 갈색 조끼와 번지르르한 검정색 코트를 입는다. 무엇인가 입 속에 씹으며 항상 햇볕을 받고 서 있다. 주머니칼을 반쯤 닫았다가 집게손가락으로 다시 펴곤 한다. 그리고 이것은 정말로 틀림없는 사실이다. 만약 지체가 높은 사람이 눈에 띄면 그는 체구가 크고 창백한 사람이 되어 소매 밑으로 푸른 토시를 내보인다. 그리고 볼링장에 공 구르는 소리가 들리는 곳에 앉아서 구두를 닦는다. 아마 몸 어디엔가 터키산 보석이 번쩍이고 있을 것이다.

그러나 '도시물을 먹은 사람'을 그리려고 하면, 내 상상력의 화폭은 하얀 백지가 된다. 그는 루이스 캐럴의 동화에 나오는 첼셔 고양이의 히죽거리는 미소처럼 조롱 섞인 겉웃음을 짓는 사람일 것이라는 어림짐작이 고작이었다. 나는 신문 기자에게 물어보았다.

"도시물을 먹은 사람이라고? 시내에 쏘다니는 놈팽이와 클럽에 드나드는 사람 중간쯤 되지 않을까. 글쎄, 정확한 말은 아니지만, 피쉬 부인의 파티 손님과 사설 권투 경기의 구경꾼 중간쯤이 어울릴 그런 자겠지. 말하자면, 로토스 클럽에도 속하지 않고, 제리멕지 오게간 양철공협회나 레프트훅 잡탕요리 견습자협회 따위의 회원도 아닌 그런 사람들이야. 정확하게 어떻게 설명해야 할지 모르겠네만, 어디든지 일거리가 있으면 끼어드는 그런 사람이겠지. 어쨌든 '도시물을 먹은 사람'이란 유형이 있을 거야. 매일 밤 정장을 하고 나서며 세상 요령을 잘 알고, 시내의 모든 경찰관과 웨이터들과 말을 놓고 지내고……. 그리고 그는 절대로 이브의 후예들과는 함께 여행길에 오르지 않아. 대체로 남자와 어울려다니지 않으면 홀로 다니지."

나의 기자 친구는 이렇게 말한 후 가버렸다. 나는 이곳저곳을 헤맸다. 이윽고 리알토 극장가에 3,126개의 전등불이 켜졌다. 사람들이 지나갔다. 그들은 나를 붙들지 않았다. 나는 관능의 눈길을 온몸에 받았으나 그것들은 상처 하나 내지 않고 이내 떠나버렸다. 외식하는 사람, 반건달들, 여점원, 사기꾼, 비렁뱅이, 배우, 강도, 백만장자, 외국인들이 빨리빨리, 팔짝팔짝, 어슬렁어슬렁, 슬금슬금 으스대기도 하고 쫓기기도 하면서 내 곁을 지나갔다. 나는 본 체 만 체했다. 나는 이네들 모두를 알고 있다. 그들의 가슴속을 속속들이 꿰뚫고 있는 것이다. 그네들에겐 더 알고 싶은 것이 없다. 나의 호기심은 '도시물을 먹은 사람'이다. 그런 유형이 있다. 그만둔다면…… 안 되지! 그건 큰 실수지. 어서 계속하자.

방랑을 계속하자. 죄 안 짓는 일이니까. 한 가족이 일요판 신문을 읽는 광경을 구경하면 매우 재미있다. 제각기 한 장씩 들고 있다. 아빠는 허리를 구부리고 "야, 이것 봐라!" 그는 젊은 여자가 활짝 열린 창가에서 운동하는 사진을 열심히 들여다본다. 엄마는 N…WYO…K 사이에 빠진 글자가 무엇인가 생각하느라고 끙끙거린다. 나이 든 딸들은 경제 기사를 탐독하고 있다. 지난 일요일 밤 젊은 남자가 어떤 회사의 주식을 샀다고 뽐냈기 때문이다. 뉴욕 공립학교에 다니는 열여덟 살짜리 윌리는 헌 셔츠를 고쳐 입는 법을 소개한 기사를 읽느라고 여념이 없다. 졸업식 날 있을 바느질 대회에서 상을 타고 싶은 것이다.

할머니는 부록 만화에 두 시간 동안이나 정신없이 빠져 있다. 꼬마 토티는 아직 갓난애다. 녀석은 부동산 광고란을 들고 제멋대로 짓까불고 있다. 이런 광경이 여러분들의 마음을 놓이게 하길 바란다. 사실 이 이야기의 일부는 생략해두는 편이 바람직하며, 독한 술을 생각나게 하는 풍경이다.

그래서 나는 카페에 들어갔다. 스카치를 섞다가 내가 스푼을 내려놓자마자 얼른 집어가는 사람을 붙들고 물었다. '도시물을 먹은 사람'에 대해 이야기해보라고.

"아, 그건 밤새워 노는 패거리와 어울리는 불한당 놈팡이들이죠. 뜨거운 다리미로 꽉 눌러도 꿈쩍하지 않을 드센 건달들, 그렇지 않습니까? 제 생각엔 그런 놈들을 두고 하는 말 같아요."

그는 이렇게 말했다.

나는 고맙다고 인사한 후 자리에서 일어섰다.

길가에서 구세군 아가씨가 나의 조끼 주머니에 자선함을 대고 흔들었다. 나는 그녀에게 물어보았다.

"좀 여쭈어보고 싶은 것이 있는데, 혹시 오늘 이 거리를 헤매면서 흔히들 '도시물을 먹은 사람'이라고 일컫는 인물을 만나지 않았는지요?"

"무슨 말씀인지 알 것 같군요."

그녀는 부드럽게 미소를 지으면서 대답했다.

"우리는 그런 사람들을 매일 밤 어디서나 봅니다. 그들은 악마의 수호자입니다. 만약에 군대 병사들이 그들만큼 충실하다면 사령관들은 더 이상 바랄 게 없을 겁니다. 우리는 그들에게로 가서 그네들의 사악한 주머니에서 푼돈을 얻어내어 주님께 봉사하지요."

그녀는 자선함을 또 흔들었고 나는 그 속에 10센트짜리 동전을 넣었다.

휘황찬란한 호텔 앞에서 비평가인 내 친구가 택시에서 내리고 있었다. 그는 한가한 듯했다. 나는 그에게 질문을 던졌다. 그는 예상한 대로 성의 있게 대답해주었다.

"뉴욕에는 도시물을 먹은 사람이란 유형이 있는 것 같네. 아주 귀에 익은 말이니까. 그런데도 그런 유형의 사람이 누구인지 설명해 달라는 부탁을 받은 건 처음인 것 같군. 정확한 표본을 꼬집어내기는 어려울 것 같네. 즉흥적으로 말해보라면, 보고 싶어 하고 알고 싶어 하는 뉴욕 특유의 병을 심하게 앓고 있는 그런 사람이 아닐지. 그런 사람들에겐 저녁 6시가 일과의 시작이지. 그들은 의복과 예절에 관해서는 엄격하게 인습을 따르지만, 남의 일에 끼어드는 일이라면 마치 사냥개가 고양이나 갈가마귀를 쫓듯이 한다네. 시내 지하 레스토랑에서 고층 건물 스카이 라운지에 이르기까지, 헤스터가에서 할렘가에 이르기까지 보헤미안처럼 쏘다니는 사람들이라네. 이들은 나이프로 스파게티를 잘라 먹지 않는 레스토랑에서는 찾을래야 찾을 수 없을 걸세. 이것이 '도시물을 먹은 사람'들이 하는 일이지. 무엇인가 새로운 것만 있으면 항상 머리를 내밀거든. 호기심, 뻔뻔스러움, 약방의 감초 바로 이것이지. 마차와 금테를 두른 잎담배와 레스토랑의 꽝꽝대는 음악은 이들을 위해 만들어진 것이야. 이런 자들의 수는 많지 않지만, 그 대신 이 소수가 어디라도 출몰하거든.

그 이야기 참 잘 꺼냈네. 바로 이 밤의 병폐가 우리의 도시에 끼치는 영향을 항상 의식하면서도 단 한 번도 이를 분석해보자는 생각이 떠오르지 않았거든. 지금 생각하니 자네가 말한 '도시물을 먹은 사람'이 오래전에 분류되었어야 했을 걸세. 이런 자들이 지나가는 자리에 술장사가 생기고 의상 모델이 생기거든. 이런 자들 때문에 오케스트라도 헨델의 음악을 집어치우고 〈모두들 모우드의 집으로〉 따위를 연주하는 것이 아닌가. 이 자들은 매일 저녁 시내를 돌지. 자네나 나 같은 사람은 일주일 가야 한 번 나들이를 할 뿐인데. 유흥장이 경찰의 급습을 받으면 이런 자들은 능수능란한 솜씨로 경찰관에게 눈짓을 보내면서 아무렇지도 않게 걸어 나가거든. 자네나 나 같은 사람은 이름을 꾸며대느라고 역대 대통령 이름을 뒤적거리고 주소를 둘러대려고 하늘과 땅 사이를 오락가락하는데 말일세."

나의 친구인 이 비평가는 하던 말을 그치고 숨을 몰아쉬었다. 새로이 웅변을 터뜨리려는 준비였다. 나는 이때가 기회구나 생각하고 쾌활하게 떠들었다.

"자네는 도시물을 먹은 사람을 분류했어. 자네는 유형별 도시 인물 전람회에 그런 사람의 초상화를 그려놓은 거야. 하지만 나는 그런 사람과 얼굴을 맞대보고 싶어. '도시물을 먹은 사람'을 직접 연구해보고 싶은 거지. 어디 가야 만날 수 있지? 어떻게 알아볼 수 있어?"

나의 말은 듣지도 않은 듯이 그는 자기 이야기를 계속했다. 그의 택시 운전수도 받을 요금을 기다리고 있었다.

"참견에 있어 더할 나위 없는 명수, 남을 귀찮게 하는 데 있어 타고난 재질, 성스럽고, 청결하고, 반박할 수 없고, 피할 수 없는 끈질긴 호기심의 소유자, 이것이지. 제 코가 들이마시는 공기도 새로운 감각이지. 한 가지 실험이 끝나면 지칠 줄 모르고 새로운 영역을 찾아……."

"그만."

나는 그의 말을 가로챘다.

"그런 유형의 인물을 지적할 수는 없나? 이건 나의 새로운 관심사야. 꼭 연구해야겠거든. 그런 자를 만날 때까지 온 시내를 뒤질 작정일세. 그런 사람들이 여기 브로드웨이에 틀림없이 있을 테니까."

"이곳에서 식사를 하려던 참이었어. 함께 들어가세. 만일 '도시물을 먹은 사람'이 눈에 띄면 내가 지적해줌세. 이곳을 찾는 단골 손님들을 거의 다 알고 있으니까."

"저녁 생각이 없네."

나는 친구에게 이렇게 이야기했다.

"그만 실례해야겠네. 배터리 공원에서 코니섬까지 훑어보는 한이 있어도 난 오늘 밤 안으로 '도시물을 먹은 사람'을 꼭 찾아낼 작정이네."

나는 호텔을 떠나서 브로드웨이가를 걸었다. 이 유형을 쫓는 일은 내가 호흡하는 공기에 생명력과 흥미로움을 주었다. 이렇게 크고, 이렇게 복잡하고, 이렇게 다양한 도시에 사는 것이 즐거웠다. 유유자적하게, 어느 정도 경쾌한 기분으로 나는 거리를 어슬렁거렸다. 이 위대한 고담*의 시민이요, 그 장관과 환락의 참여자요, 그 영광과 명성의 일원이라는 생각으로 나의 가슴은 부풀고 있었다.

나는 길을 건너려고 돌아섰다. 그러다가 벌 소리처럼 윙 하는 소리를 들었고, 이내 산투스 두몽의 비행기를 탄 듯이 멀고 쾌적한 여행을 했다.

눈을 뜨자 휘발유 냄새가 났다. 나는 큰 소리로 말했다.

"아직도 차가 지나가지 않았나?"

병원 간호사가 그다지 부드럽지 못한 손을 조금도 열이 없는 나의 이마에 얹었다. 젊은 의사가 들어와서 웃으며 나에게 아침 신문을 건넸다.

"사고가 어떻게 일어났는지 알고 싶으시죠?"

의사가 유쾌하게 말했다. 나는 기사를 읽었다. 기사는 간밤에 내가 윙 하는 소리가 귓전에서 사라지는 것을 느꼈던 곳에서부터 시작되었다. 기사의 마지막은 이렇다.

"……벨뷰 병원 측의 말로는 부상은 대단치 않은 것이라고 했다. 부상자는 전형적인 '도시물을 먹은 사람'인 듯했다."

---

*   바보의 거리라는 뜻으로 뉴욕을 가리킨다.

구두

존 디 그래픈리드 애트웃은 연(蓮)을 먹었다. 뿌리, 줄기, 잎 할 것 없이 모두 먹었다. 열대 지방의 폭염은 그를 집어삼킬 듯했지만, 그는 열정적으로 일에 골몰했다. 로진을 잊기 위해서였다.

연을 먹는다고 해도 연만 먹는 사람은 별로 없다. 곁들여 나오는 것으로 양념 삼아 마시는 마법의 술이 한 잔 있다. 이 술은 연을 요리하는 요리장이 거르는 것이다. 존의 메뉴판에는 이 술이 '브랜디'로 되어 있다. 그는 빌리 케오와 함께 밤이면 작은 영사관 현관에 앉아 브랜디 한 병을 사이에 놓고 점잖지 못한 노래를 큰 소리로 불러대곤 했다. 그러면 이곳 원주민들은 서둘러 걸음을 재촉하고 영사관이 보이지 않는 곳에서 움찔 어깻짓을 하면서 저희들끼리 '귀신 같은 미국 놈들'이라고 수군수군하는 것이었다.

어느 날 존의 비서가 우편물을 가져와서 테이블 위에 놓았다. 존은 해먹에서 몸을 기울여 지겨운 듯이 편지 너댓 통을 집어들었다. 케오는 테이블 난간에 걸터앉아 종잇장 사이를 기어가는 지네의 발을 연필 깎는 칼로 무료하게 잘라내고 있었다. 연을 먹는 존에게 지금 세상 만사는 입 안에서 쓴맛을 내고 있었다.

"늘 그렇고 그런 내용이야!"

그는 불평을 늘어놓았다.

"바보 같은 얘기들이지. 이 나라에 대해 알고 싶다는 거야. 과수원 재배가 괜찮은지, 일하지 않고 한몫 벌 수 있는 방도가 무엇인지 알고 싶다는 거지. 회신용 우표를 동봉하지 않은 것이 절반이나 된다네. 영사가 아무 할 일 없이 편지만 쓰는 사람인 줄 아는 모양이야. 여보게, 편지들 좀 뜯어서 뭐라고 했는지 읽어보게. 몸이 거북해서 움직이기가 싫군."

아무리 불쾌한 일이 있어도 잘 적응해내는 케오는 장밋빛으로 불그레한 얼굴에 미소를 띠고 의자를 끌어 테이블 가까이 앉아 편지를 뜯기 시작했다. 네 통은 코랄리오의 영사를 만물박사라고 생각하는 사람들이 미국 곳곳에서 보내온 것이었다. 그 편지들은 이곳의 기후, 산물, 가능성, 법률, 사업 전망 외에도 존 영사가 본국 정부를 대표하여 명예로운 의무를 수행하고 있는 이 고장의 여러 가지 통계 따위에 번호를 매겨가며 장황하게 문의하고 있었다.

"여보게, 빌리, 답장 좀 쓰게. 최근의 영사관 보고서를 토대로 그저 한 줄씩만 써 보내게."

영사가 꿈쩍하기가 싫은지 이렇게 말했다.

"주옥 같은 문예 작품을 보내주어 국무성의 기쁨이 이만 저만이 아닐 거라고 쓰고 내 이름을 자네가 서명하게. 그리고 편지를 쓰면서 찍찍 소리가 안 나게 조심해주게. 잠이 깨지 않도록."

"코만 골지 않는다면 대신 써주기로 하지."

케오가 상냥하게 말했다.

"어쨌든 자네는 비서를 아예 한 부대쯤 가져야 할 사람이야. 보고서는 대체 어떻게 완성하는지 알 수가 없군. 잠깐만 눈을 뜨고 정신 차리게. 여기 영사님의 고향 데일스버그에서 온 편지가 한 장 있으니까."

"그래?"

존이 중얼거리며 작은 관심을 의무적으로 드러냈다.

"무슨 내용인데?"

"우체국장이 보낸 것인데, 그곳의 어느 시민이 몇 가지 사실을 알고 싶어하니 영사의 충고를 바란다네."

케오가 설명했다.

"그 시민이 이곳에 와서 구두점을 차리려고 한다는군. 그러니 사업 전망이 괜찮은지 알려달라는 거야. 이곳 해안 지방의 경기가 대호황이라는 말을 들었다, 그리고 1층에 점포를 내고 싶다, 이렇게 되어 있군."

평소 그리 좋다고 할 수 없는 성격인 영사는 더운 날씨 때문에 신경이 곤두서 있었는데, 이 말을 듣고는 해먹이 흔들릴 정도로 껄껄 웃었다. 케오도 따라 웃었다. 책장 윗선반에 앉아 있던 애완용 원숭이까지 데일스버그에서 보내온 편지를 읽는 이들의 희화적인 지껄임에 동조하여 끼룩끼룩 날카로운 소리를 내며 웃었다.

"엉터리들 같으니라고!"

영사가 외쳤다.

"구두점이라니! 이 다음엔 무슨 문의 편지를 보내올까? 외투 공장이 어떻겠느냐고 할려나? 이봐, 빌리. 이 지방 3천 명의 주민 가운데 구두를 신는 사람이 자네 어림으론 몇 명이나 될 것 같은가?"

케오는 신중하게 생각해보았다.

"어디 보자…… 자네하고 나하고……."

"나는 아니야."

존이 혀 짧은 소리로 얼른 이렇게 말하면서 그 유명한 사슴 가죽 자파토*를 신은 발을 번쩍 들어 보였다.

"나는 구두를 안 신은 지 벌써 여러 달 되는걸."

"그래도 가지고는 있잖나?"

케오가 계속 말을 이었다.

"그리고 또 구드윈, 블랑카르, 게리 노인, 그레그 의사, 바나나 회사를 하는 이탈리아인, 또 델가도 노인…… 아니지, 그 사람은 샌들을 신으니까. 또 아, 그렇지, 호텔을 경영하는 오르티스 부인이 있지. 며칠 전 어느 날 밤에, 붉은 슬리퍼를 신고 무도회에 온 것을 보았으니까. 미국에서 학교를 다닌 그 부인의 딸 파사 양도 있고. 그 아가씨가 구두를 신는 것을 보면 역시 문명인의 사고방식을 이곳까지 가지고 들어왔나 봐. 또 축제일만 되면 좋은 구두를 신고 나오는 사령관의 누이동생이 있고……. 또 스페인제 가죽으로 발등을 대고

---

* 에스파냐 사람들의 신발.

끈 꿰는 구멍이 뚫린 신을 신는 게디 부인이 있고. 부인들은 이들이 전부일 거야. 또, 누가 있을까? 저 아래 부대의 군인들은…… 아니지. 군인들은 행군할 때만 구두를 신도록 되어 있으니까. 막사에선 발가락을 삐죽삐죽 내밀고 맨발로 다닌단 말이야."

"대체로 맞는 이야기네."

영사가 고개를 끄떡였다.

"이곳의 주민 3천 명 중에 걸어다닐 때 가죽 조각 비슷한 것을 꿰어차는 사람은 스무 명이 넘지 않을 거야. 아, 아니지! 코랄리오는 구두점을 경영하기에 최적의 장소야. 단지 상품이 팔리지 않을 뿐이지. 패터슨이 나를 골리려는 속셈인가 보군. 그 친구는 농담을 좋아하는 친구니까. 빌리, 그에게 회답을 써 보내게. 내가 편지 내용을 부르지. 몇 자 적어 놀려주세."

케오는 펜에 잉크를 찍어 존이 부르는 것을 받아썼다. 중간 중간 쉬면서 담배도 피우고 술병과 유리잔을 주고받으면서, 데일스버그에서 온 편지에 다음과 같은 회신을 꾸몄다.

오바다이아 패터슨 씨께

안녕하십니까? 6월 2일 자 서한에 대한 답으로 귀하께 몇 가지 사실을 알려드릴 수 있음을 영광으로 생각하는 바입니다. 제 개인적인 의견으로는 코랄리오보다 더 절실하게 일류 구두점이 필요한 곳은 이 세상 사람이 사는 곳 어디에도 없을 겁니다. 그 증거는 뚜렷합니다. 이곳 주민이 3천 명이나 되는데 구두점이 하나도 없습니다! 그렇다면 여건은 자명한 것입니다. 이곳 해안은 급속하게 사업가들의 목표지가 되고 있는데 유독 구두에 대한 사업이 무시되거나 관심을 불러일으키고 있지 못함은 실로 슬픈 일입니다. 사실상, 이곳 코랄리오의 시민 상당수가 아예 구두 한 켤레 없이 살아가는 형편입니다.

이상에서 언급한 필요 외에도 양조장, 고등 수학을 배우는 대학, 석탄 저장소, 산뜻하고 지적인 펀치 주디 인형극 등이 절실하게 요청되고 있습니다. 감사합니다.

귀하의 충직한 공복(公僕)
존 디 그래픈리드 애트웃 코랄리오 미합중국 영사

추신: 오바다이아 씨! 오랜만이오. 우리 고향은 별일 없는지요? 당신과 내가 없다면 정부가 무슨 일을 하겠소? 당신의 옛 친구에게서 머리 꼭지가 푸른 앵무새와 바나나 한 다발을 받을 테니 기대하길.

"이 추신을 집어넣은 것은 오바다이아가 나의 사무적인 말투에 화내지 않게 하기 위해서라네."

영사가 설명했다.

"빌리, 이제 편지 겉봉을 써서 판초에게 주고 우체국에 다녀오라고 하게. 아라아드네 배가 과일 짐을 오늘 다 싣는다면 내일 떠날걸세."

코랄리오의 밤은 변함이 없다. 사람들이 즐기는 레크리에이션은

졸음에 취한 듯했고 단조로웠다. 맨발로 무료하게 여기저기를 걸어 다니면서 나지막한 소리로 이야기하고 잎담배나 궐련을 피웠다. 희미하게 가로등이 켜진 길을 내려다보면, 얼굴이 거무튀튀한 유령들의 미로와 실성한 개똥벌레의 행렬이 얽혀 지나가고 있는 듯했다. 어떤 집에서 기타 소리가 슬프게 들려와 한밤의 애상을 더했다. 큼직한 개구리가 희극 악단의 트럼본 연주자만큼이나 목청을 높여 울었다. 9시라 거리에는 사람이 거의 없었다.

영사관의 일정도 좀체로 변하는 일이 없었다. 밤마다 케오가 찾아왔다. 해변에 면한 이 관공서의 작은 현관이 코랄리오에서 유일하게 시원한 곳이기 때문이었다.

브랜디가 끊임없이 오고갔다. 자정이 되기 전 스스로 유배 생활을 하고 있다고 생각하는 영사의 가슴은 감상으로 동요했다. 그러면 이제는 과거의 일이 되어버린 로맨스를 케오에게 들려주는 것이었다. 매일 밤 케오는 지칠 줄 모르는 동정심으로 그의 이야기에 귀를 기울였다.

"잠시도 그녀를 그리워하고 있다고 생각하지 말게나."

존은 늘 그의 애처로운 이야기를 이렇게 끝냈다.

"지금은 잊었어. 그녀에 대한 생각이 떠오르지도 않거든. 그녀가 지금 당장 저 문으로 걸어 들어온다 해도 내 심장은 다시는 두근거리지 않을 거야. 오래전에 끝난 일이야."

"왜 그걸 모르겠나?"

케오는 늘 이렇게 대답했다.

"물론 그녀를 잊었겠지. 잘한 일이야. 저어…… 딩크 포슨이 자네를 찾아올 때마다, 그녀가 노크 소리에 귀를 기울였다는 것은 유쾌하지 않지만."

"핑크 도슨이야!"

존의 어조에는 경멸의 감정이 역력했다.

"아무짝에도 못 쓸 놈이지! 그 녀석은 쓰레기야. 200만 제곱미터의 농토를 가지고 있지만 말야. 바로 그것이 주효했지. 언젠가 내 그 놈을 골탕먹일 기회가 있을 걸세. 도슨가는 이름도 없는 가문이야. 앨라배마의 모든 사람들이 애트웃가는 알거든. 이봐, 빌리, 자넨 우리 어머니 쪽이 디 그래폰리드 가문이라는 것을 알고 있었나?"

"아니, 몰랐네. 아, 그랬던가?"

케오는 이렇게 말하곤 했다.

이제 그는 똑같은 말을 대략 300번쯤 들은 셈이다.

"사실이야. 핸콕 지방의 디 그래폰리드 가문이라네. 어쨌든 그녀는 이제 생각도 나지 않네. 안 그런가? 빌리."

"단 한순간도 생각이 나지 않겠지."

로맨스의 초월자 존이 항상 마지막에 듣는 말이었다.

그러고 나서 존이 가벼운 잠에 빠지면 케오는 광장 끝 카라바쉬 나무 밑에 자리잡은 거처로 천천히 걸어가는 것이었다.

데일스버그 우체국장의 편지를 받고 그 회답을 보낸 후 하루이틀이 지나자 코랄리오의 유배인들은 모든 것을 다 잊어버렸다. 그러나 7월 26일에, 그 답장이 사건의 나무에 열매가 되어 나타났다.

코랄리오에 정기적으로 찾아오는 과일 수송선 앤다돌이 앞바다에 모습을 드러내고 닻을 내렸다. 해안에는 구경꾼들이 줄지어 늘어서고 검진 담당 의사와 세관들이 맡은 임무를 수행하기 위하여 배를 저어 지나갔다.

한 시간 후 빌리 케오는 리넨 옷을 입은 말쑥하고 시원한 모습으로 영사관에 들어와서 기분 좋은 고리대금업자처럼 이죽이죽 웃었다.

"누가 입항했는지 짐작이 가나?"

그는 해먹에서 쉬고 있는 존에게 말을 걸었다.

"너무 더워서 짐작이고 뭐고 귀찮네."

존이 느릿느릿 대답했다.

"구두점 하겠다는 사람이 왔다네."

혀로 입에 문 사탕을 굴리면서 케오가 말했다.

"티에라 델 후에고에 이르기까지 전 대륙을 다 상대해도 될 만큼 많은 짐을 가지고 말야. 사람들이 지금 궤짝을 세관으로 옮기고 있는 중이야. 배 여섯 척에 가득한 짐을 해안에 풀어놓고도 나머지를 가지러 또 보트를 저어 나가더군. 오, 영광의 성자시여, 한 사업가가 농담에 걸려 영사님과 인터뷰를 가지려 하는데 한바탕 잔치라도 벌여야 하지 않겠나이까? 이렇게 재미있는 일도 구경할 수 있으니, 열대 지방에서 9년 동안 살아낸 보람이 없는 것은 아니군."

케오는 이 즐거운 구경거리를 편안한 자세로 보고 싶었다. 그는 마룻바닥의 깨끗한 부분을 골라 벌렁 드러누웠다. 하도 재미있어서인지 벽까지 흔들리는 것 같았다. 존은 반쯤 몸을 케오 쪽으로 돌리고 눈을 깜박거렸다.

"무슨 말이야?"

존이 말했다.

"어느 바보가 그 편지를 진지하게 받아들이겠어?"

"4천 달러어치의 구두라!"

케오는 황홀경에 빠져 숨까지 헐떡거리고 있었다.

"석탄을 짊어지고 뉴캐슬에 가서 팔려는 식이야! 왜 야자잎 부채를 한 배 가득 싣고 스피츠베르겐으로 가지는 않았는지! 그 노망든 사람을 해안에서 보았네. 자네도 그 자리에 있어야 했는데. 대략 500명쯤 되는 주민들이 맨발로 나와 있는 모습을 안경 너머로 곁눈질하더군."

"빌리, 정말이야?"

영사가 맥빠진 목소리로 물었다.

"정말이냐고? 정말이지. 그 어리숙한 양반이 딸까지 데려왔더군. 미인이야, 불그죽죽한 이곳 아가씨들과 비교하면 완전히 공주님이더군."

"바보처럼 낄낄거리지만 말고 어서 얘기해봐. 어른이 아프리카의 하이에나처럼 웃는 것은 딱 질색이야."

"이름이 헴스테터라고 하더군."

케오가 말을 이었다.

"그 사람은…… 아니, 여보게! 갑자기 왜 그래?"

존은 몸을 움직여 해먹에서 빠져나왔다. 사슴 가죽 신을 신은 그의 발이 마룻바닥에 떨어질 때 털썩 하는 소리가 났다.

"이런 제기랄!"

존의 목소리는 무서웠다.

"냉큼 일어나 봐. 그게 바로 로진과 그녀의 아버지야. 빌어먹을! 멍청이 패터슨 놈, 코흘리개 어린애 같으니라고! 빌리, 빨리 일어나서 나를 좀 도와주게. 도대체 어떻게 해야 된담? 세상이 모두 돌았나?"

케오는 일어나서 먼지를 털었다. 그러고는 체신을 잃지 않고 침착하게 품위를 되찾았다.

"존, 현실은 현실이야. 피할 수 없는 것일세."

케오의 진지한 태도는 어느 정도 성공적이었다.

"그 여자가 자네의 애인이었다고는 생각지도 못했네. 우선 그 사람들에게 쓸 만한 숙소를 마련해주는 것이 급선무일세. 자네는 바다 쪽으로 가서 그 사람들을 맞이하게나. 난 구드윈 댁을 찾아가서 그들을 받아줄 수 있는지 부인에게 알아볼 테니. 여기서는 그 집이 가장 좋은 집이니까."

케오는 우산을 펼쳐들고 구드윈의 집으로 갔다. 존은 겉옷을 걸치고 모자를 썼다. 그는 브랜디 병을 들었다가 마시지 않고 그냥 내려놓은 다음 용감하게 해안 쪽으로 걸어 나갔다. 세관 건물벽 응달진 곳에 헴스테터 씨와 로진이, 놀라서 입을 딱 벌리고 있는 한 떼의 주민들에게 둘러싸여 있었다. 앤다돌호의 선장이 새로 도착한 물품의 내용을 통역하는 동안 세관원들은 허리를 구부리기도 하고 무엇인가 끼적거리기도 했다. 로진은 건강하고 활기에 찬 모습이었다. 그녀는 주위의 낯선 풍경을 흥미로운 듯 쳐다보고 있었다. 오래전 자기를 좋아하던 사람과 인사를 나누면서 그녀의 도톰한 뺨은 가볍게 홍조를 띠었다. 헴스테터 씨도 매우 다정하게 존과 악수를 했다.

나이가 꽤 많고 비현실적인 사람인 헴스테터 씨는 항상 만족하지 못하고 변화를 갈구하다가 빗나간 사업을 하는 부류에 속했다.

"이렇게 오랜만에 만나니 무척 반갑네, 존. 내가 존이라고 불러도 괜찮겠나?"

그가 말했다.

"우체국장의 문의 편지에 그렇게 빨리 회답을 보내주어 고맙네. 우체국장이 자진해서 나를 위해 편지를 써주었던 것일세. 나는 이윤이 보다 많은 무슨 새로운 사업이 없을까 하고 찾고 있던 참이었네. 편지를 보니 이 해안이 투자가들에게서 많은 관심을 받고 있다고. 이곳으로 오라는 자네의 충고에 뭐라고 감사해야 될지 모르겠네. 가지고 있는 재산을 모두 팔아서 그 돈으로 구두를 샀네. 존, 풍경이 그림 같군. 자네가 편지에서 쓴 대로 사업 전망이 밝을 것이라고 믿고 있네."

이때 케오가 도착하여 존은 괴롭고 난처한 입장에서 잠시 풀려났다. 케오는 구드윈 부인이 기꺼이 헴스테터 씨와 그의 딸이 기거할 방 몇 칸을 내주겠다고 했다는 소식을 서둘러서 전했다. 그래서 헴스테터 씨와 로진은 즉시 그곳으로 안내되어 항해의 피로를 풀도록 했고 존은 관리의 검사가 끝날 때까지 세관 창고에 구두 궤짝이 잘 간수되어 있는지 알아보려고 내려갔다. 케오는 고리대금업자처럼 헤죽헤죽 웃으면서 구드윈을 찾아나섰다. 가능하다면 존이 이 난경을 헤어날 수 있을 때까지 코랄리오가 구두 시장으로서는 형편없는 곳이라는 사실을 헴스테터 씨에게 밝히지 말라고 일러두기 위해서였다.

그날 밤 영사와 케오는 시원한 영사관 현관에 앉아 숙의를 거듭했다.

"본국으로 돌려보내게."

존의 생각을 다 알고 있는 듯이 케오가 입을 열었다.

"그래야 되겠지."

잠시 동안 입을 다물고 있던 존이 말했다.

"그런데 빌리, 내가 자네에게 거짓말을 했네."

"괜찮아."

케오가 상냥하게 말했다.

"그 여자를 잊었노라고 수백 번을 말했지? 그랬었지?"

"대충 한 375번쯤 되지."

인내심의 기념비 같은 케오가 머리를 끄덕였다.

"거짓말이었어."

영사가 거듭 말했다.

"모두 거짓말이었어. 단 1분 1초도 로진을 잊은 적이 없어. 난 그녀가 단 한 번 '안 돼요'라고 했다고 도망칠 만큼 미련한 바보였어. 그렇다고 되돌아가기에는 너무 자존심이 센 바보였고. 오늘 저녁에 구드윈 씨 댁에서 잠깐 로진과 이야기를 나누었지. 그리고 한 가지 사실을 알아냈어. 자네 항상 그녀를 쫓아다니던 농사꾼 놈을 기억하고 있나?"

"딩크 포슨 말인가?"

케오가 물었다.

"핑크 도슨이지. 그런데 그자는 그녀의 눈에 아무것도 아니었어.

로진의 말로는 그자가 내 험담을 해도 한마디도 믿지 않았다는 거야. 하지만 나는 이제 진퇴양난일세, 빌리. 그 어리석은 편지 한 장을 보냈다가 나에게 남아 있던 가능성이 모두 망가진 거야. 똑똑한 놈이면 초등학교 학생이라도 하지 않을 농담에 아버지가 희생된 것을 알면 로진은 날 멸시할 거야. 구두라니! 여기서 한 20년쯤 장사를 한다고 해도 스무 켤레도 팔리지 않을걸. 이곳 카리브 토인이나 거무튀튀한 스페인계 놈들에게 구두를 신겨놓으면 어떻게 될까? 아마 머리꼭지로 물구나무를 서서 비명을 지르면서 벗어 내던질 거야. 아무도 구두를 신어보지도 않았는걸. 앞으로도 그럴 테고. 이 부녀를 본국으로 돌려보내려면 사실을 이야기해주지 않을 수 없는데 그렇게 되면 로진이 날 어떻게 생각할까? 빌리, 지금 심정으로는 로진 없이는 살 수 없어. 수은주가 섭씨 39도를 가리킬 때 장난 한번 한 죄로 손안에 들어온 그녀를 영원히 놓치다니!"

"기운 내게."

낙천적인 케오의 말이었다.

"점포를 열도록 내버려두게. 나도 오늘 오후 그 일로 부산하게 돌아다녔네. 우린 적어도 일시적으로나마 구두 붐을 일으킬 수 있으니까. 개점하는 즉시 내가 여섯 켤레를 살 걸세. 아는 사람을 모두 찾아가서 이 비참한 사정을 설명해두었네. 모두들 발이 수십 개인 지네처럼 구두를 사갈 걸세. 프랭크 구드윈 씨가 몇 궤짝 가져갈 것이고, 게디 씨 댁에서 열한 켤레쯤 가져갈 것이고, 클랜 씨는 여러 주 저축한 돈을 모조리 바칠 것이라네. 의사 양반 그레그 씨도 끈 구멍이 열 개만 있는 신이면 악어 가죽 슬리퍼로 세 켤레를 사겠다고 했네. 블랑카르 씨도 로진 아가씨를 만났는데, 그 사람은 프랑스 사람이니까 적어도 열두 켤레는 살 걸세."

"사천 달러어치 구두에 열 명 정도의 고객이라!"

존이 말했다.

"큰 문제로군, 큰 문제야. 빌리, 이제 좀 돌아가게. 나 혼자 있고 싶으니까. 홀로 방도를 궁리해야겠어. 그 별 셋짜리 브랜디를 가져가게. 아, 아니야, 미합중국 영사는 이제 한 모금의 술도 마실 자격이 없네. 오늘 밤 여기 앉아 궁리를 해봐야겠어. 무슨 묘책이 떠오르면 매달려보는 것이고, 그렇지 않으면 이 화려한 열대의 공신력은 다시 한번 땅에 떨어지는 거야."

영사관을 나서면서 케오는 자신이 아무런 도움도 될 수 없다고 생각했다. 존은 잎담배를 한 움큼 테이블 위에 놓고 갑판용 간이 의자에 앉아 몸을 쭉 폈다. 드디어 날이 밝았다. 항구의 물결이 은빛으로 빛나기 시작했다. 그는 아직도 의자에 앉아 움직이지 않고 있었다. 드디어 자리에서 일어난 존은 가볍게 휘파람을 불면서 욕실로 들어갔다.

9시가 되자 그는 우중충한 전신국 사무실로 걸어갔다. 그곳에서는 백지를 한 장 놓고 반시간이나 끙끙거렸다. 전보 신청 서식이 완성되자 서명을 한 후 발송했다. 요금은 33달러였고, 전보의 내용은 다음과 같았다.

핑크 도슨에게

백 달러 송금환이 다음 우편으로 송금됨. 빳빳하고 잘 마른 도꼬마리* 230킬로그램을 곧 선편으로 보내주기 바람. 새로운 미술품 제조에 필요함. 시장 가격은 1킬로그램에 40센트. 주문이 또 있을 것으로 예상됨. 서둘러주기 바람.

일주일이 안 되어 그랑데가에 알맞는 건물 하나가 확보되자, 헴스테터 씨는 구두를 진열 선반에 정돈해놓았다. 점포세는 비싸지 않았다. 구두들은 하얗고 깨끗하고 모양 좋은 상자에 넣어 맵시 있게 진열되었다.

존의 친구들은 열성을 다하여 그를 지원해주었다. 개점 첫날, 케오는 한 시간 간격으로 우연을 가장하고 점포에 들러서 구두를 샀다. 긴 고무 장화, 단추 달린 염소 가죽 구두, 옆축이 낮은 쇠가죽 구두, 끈이 없고 뒤축이 낮은 무도용 구두, 고무 구두, 여러 가지 색깔의 무두질을 한 구두, 테니스 신발, 꽃무늬를 넣은 슬리퍼 등을 한 켤레씩 산 후 케오는 존이 원하는 구두가 있나 알아보려고 그에게 달려갔다. 영어를 사용하는 다른 거주인들도 자주 팔아주어 그들의 역할을 고귀하게 수행해냈다. 케오는 야전사령관 격이었다. 그는 이들에게 물건을 어떻게 팔아줄 것인지를 하나하나 지시 할당하여 며칠 동안 그럴싸하게 줄을 이었다.

헴스테터 씨는 지금까지 이루어진 사업 성과에 감지덕지했다. 그러나 원주민들이 맨발로 다니는 것을 보고 놀라움을 금치 못했다.

"아, 원주민 말입니까? 무척 수줍어하는 사람들이지요."

---

* 밭에 나는 가시 돋친 잡초.

이마의 땀을 초조하게 닦아내면서 존이 설명했다.

"그러나 곧 습관이 붙을 것입니다. 일단 찾아오면 계속해서 몰려들 겁니다."

어느 날 케오가 영사의 사무실로 들어섰다. 존은 생각에 잠겨 아직 불을 당기지 않은 잎담배를 씹고 있었다.

"무슨 복안이라도 있나?"

그는 존에게 물었다.

"만일 묘책이 있다면 지금이 계책을 펼 시각이야. 어떻게 돈을 구하여 그 돈으로 구두를 사줄 고객을 많이 마련할 수 있는지 말해보게나. 이제 남자들은 모두 10년은 신을 구두를 사갔어. 구두점 사람은 할 일이 없는 모양이야. 지금 막 그곳을 지나왔어. 농담의 제물이 된 이 고귀한 신사는 문간에 서서 그의 거대한 상점을 지나치는 사람들이 맨발로 다니는 것을 안경 너머로 바라보고 있더군. 원주민들은 진정으로 예술가적인 기질을 가진 것 같아. 나하고 클렌 씨는 오늘 오전에 두 시간 동안 사진을 열여덟 장이나 찍었지. 구두는 하루 종일 한 켤레만 팔리고. 블랑카르가 들어가서 안에 모피를 댄 슬리퍼를 샀는데, 그건 로진 양이 상점 안으로 들어가는 것을 보았기 때문에 산 거야. 얼마 후 그 슬리퍼를 연못 속에 내던지는 것을 보았지."

"내일이나 모레쯤 되면 모빌*에서 과일 수송선이 들어오지. 그때까지는 아무런 수가 없어."

---

* 앨라배마주의 항구.

존이 말했다.

"어떻게 하려고? 수요를 늘리려는 건가?"

"자넨 정치적 경제학을 잘 모르지."

영사가 무례하게도 이렇게 말했다.

"수요는 조작할 수 없어. 다만 수요의 필요를 조작할 수 있을 뿐이지. 이 점이 내가 실행하려는 계획일세."

영사가 전보를 띄운 지 2주가 지나자, 과일 수송선이 무엇인지 알 수 없는 상품을 거대하고 신비로운 갈색 상자에 넣어 그에게 가져왔다. 세관원에 대한 존의 영향력은 막강했으므로 흔히 하는 검사도 하지 않고 화물은 그에게 전달되었다. 그 짐은 영사관으로 운반되어 뒷방에 잘 간수되었다.

그날 밤 그는 상자 한 귀퉁이를 뜯고 한 움큼의 도꼬마리를 꺼냈다. 그는 마치 무사가 자기의 목숨과 공주님의 사랑을 위해 전투에 나서기에 앞서 무기를 돌보는 그런 조심성으로 주의 깊게 도꼬마리를 검사했다. 풀은 완전히 노쇠한 8월달 것으로 개암나무만큼이나 딱딱했고 그 가시털은 바늘처럼 빳빳하고 예리했다. 존은 휘파람을 불면서 빌리 케오를 찾아나섰다.

그날 밤 늦게 코랄리오 전체가 깊은 잠에 취해 있을 때, 존과 빌리는 풍선처럼 부푼 코트 차림으로 아무도 지나다니지 않는 거리로 나섰다. 그랑데 거리 전역을 오르내리면서 그들은 도꼬마리 가시를 뿌렸다. 모랫길, 좁은 인도, 죽은 듯이 조용한 주택과 주택 사이의 풀밭에 조심조심 가시를 뿌렸다. 그들은 샛길과 골목길을 하나도 남김없이 돌아다녔다. 남자들이든 여자들이든 어린애들이든 사람의 발이 미칠 법한 곳은 한 군데도 남겨놓지 않았다. 가시가 떨어지면 그들은 가시풀을 비축해둔 곳으로 돌아와 다시 가져가곤 했다. 거의 새벽녘이 되어서야, 위대한 장군이 다듬고 다듬은 전략으로 승리를 설계한 다음에 그러듯이 조용히 자리에 누워 잠이 들었다. 그들은 독보리를 뿌리는 사탄의 정확성과 씨를 뿌리는 바울의 인내심으로* 가시를 심은 것이었다.

해가 솟자 과일 장수, 고기 장수 들이 작은 상가 안팎으로 몰려들어 물건을 벌여놓았다. 이 상가가 서 있는 곳은 도시의 한쪽 끝 해변 부근이었으므로 가시풀은 이곳까지 미치지 못했던 것이다. 장사꾼들은 여느 때보다 한 시간 이상을 기다렸지만 아무도 물건을 사러 오는 사람이 없었다.

"오늘은 웬일이야?"

그들은 서로 수군거리기 시작했다.

한편, 평소처럼 모든 아도비**와 야자수 오두막집과 풀로 이엉을 한 초가집과 어두컴컴한 파티오***에서 여자들이 쏟아져 나왔다. 흑인 여자, 황인 여자, 백인 여자 할 것 없이 모든 여자들이 미끄러지듯 거리로 나왔다. 멜론, 바나나, 고기, 토티야 따위를 사고자 시장에 가는 여자들이었다. 어깨와 목이 드러나고 소매가 없는 윗옷에 무릎 밑까지 내려오는 스커트를 입은 그들은 맨발이었다. 멍한 황

---

* 〈마태복음〉 13장 참조.
** 햇볕에 구운 멕시코 등지의 흙벽돌집.
*** 라틴 아메리카의 안뜰.

소 눈을 한 그들은 문간을 나서서 좁은 골목길로 혹은 거리에 연한 부드러운 풀밭으로 걸어나왔다.

제일 먼저 큰 길로 나선 사람이 알아들을 수 없는 비명을 지르면서 한 발을 재빨리 추켜들었다. 그는 다시 한 발을 내딛다가 깜짝 놀라 외마디 비명을 지르면서 주저앉아 발에 붙은 이상한 독벌레를 뽑아냈다.

"웬 고약한 벌레야!"

그들은 좁은 길에서 서로를 쳐다보며 외쳐댔다. 어떤 이들은 길을 피해 풀밭으로 들어섰으나 그곳에서도 동그랗고 이상하게 생긴 독벌레가 쏘고 물어뜯었다. 풀밭에 주저앉은 이들은 엉덩이까지 찔렸고 그들의 형제자매들은 모랫길에서 비명을 지르고 있었다. 이 작은 도시 전역에서 여자들의 비명 소리가 들렸다. 시장의 장사꾼들은 왜 오늘따라 손님이 나타나지 않는지 아직도 이상하게 생각하고 있었다.

지상의 영주인 남자들도 거리로 나왔다. 그러나 그들도 펄쩍펄쩍 뛰고, 뒤뚱거리고, 절룩거리고, 욕설을 퍼붓기 시작했다. 어쩔 줄을 모르고 멍하게 서 있거나, 허리를 구부리고 발과 발목을 공략한 원흉을 떼어냈다. 어떤 이들은 지금까지 알려지지 않은 독거미가 나타났다고 외쳤다.

그다음엔 어린아이들이 길에서 아침 한나절을 뛰어놀려고 쏟아져 나왔다. 이제 어른들의 비명 소리와 절뚝거리는 어린아이들과 도꼬마리 가시가 달라붙은 갓난애들의 비명 소리가 뒤섞였다. 시간이 지나면서 매 순간 새로운 피해자가 늘어났다.

도냐 마리아 카스티야스는 여느 때의 습관대로 길 건너 제과점에서 신선한 빵을 사려고 문을 나섰다. 그녀는 꽃무늬가 있는 노란 비단 스커트와 주름진 리넨 슈미즈 차림에 스페인에서 짠 자줏빛 만틸라를 두르고 있었으나 그녀의 레몬 빛 발은, 아! 애처롭게도 맨발이었다. 그녀는 스페인 아라공 지방의 지체 높은 귀족 집안의 후예였으므로 그녀의 걸음걸이는 우아했다. 벨벳처럼 보드라운 잔디밭 위를 세 발자국 떼어놓은 다음 그녀의 귀골스러운 발바닥은 존이 깔아놓은 도꼬마리를 밟았다. 도냐 마리아 카스티야스 아가씨는 살쾡이처럼 비명을 질렀다. 그녀는 돌아서서 무릎과 손을 땅에 짚고 야생짐승이 된 것처럼 엉금엉금 기어 그 귀풍스러운 문턱을 넘어 집 안으로 들어갔다.

몸무게가 130킬로그램이나 되는 일데폰소 페데리고 블라다사르 어르신은 아침의 갈증을 덜기 위해 광장 한쪽 구석에 자리잡은 술집으로 그 큰 몸집을 움직여 나가려고 했다. 구두를 신지 않은 그의 발이 서늘한 풀밭에 떨어지면서 그는 은폐되어 있는 지뢰를 건드렸다. 일데폰소 씨는 거대한 사원이 무너지듯 쓰러지면서 독전갈에 물려 죽을지도 모른다고 소리를 질렀다. 도처에서 하룻밤 새에 그들을 괴롭히려고 나타난 독벌레 때문에 구두 없는 주민들은 팔짝팔짝 뛰고, 넘어지고, 절뚝거리고, 발에서 가시를 뽑아냈다.

맨 먼저 대책을 찾아낸 사람은 널리 여행도 하고 교육도 받은 이발사 에스테반 델가도였다. 바위 위에 올라앉아 발가락에 붙은 가시를 뜯어내고 나서 그는 일장 연설을 했다.

"여러분! 이 사악한 벌레를 보십시오. 나는 이것을 잘 압니다. 이 놈들은 비둘기처럼 떼를 지어 하늘을 날아다닙니다. 이 놈들은 밤중에 떨어져 죽은 것들입니다. 유카탄 반도에 살 때 나는 크기가 오렌지만 한 놈도 보았습니다. 그렇습니다! 이 놈들은 뱀처럼 쉭쉭 소리를 내면서 박쥐와 흡사한 날개로 날아다닙니다. 대책은 구둡니다. 모두들 구두를 신어야 합니다. 자파토! 모두들 자파토를!"

에스테반은 절뚝절뚝 헴스테터 씨네 구두점으로 가서 구두를 샀다. 구두점에서 나온 그는 유유자적하게 걸으면서 큰 소리로 악마의 딱정벌레를 저주했다. 가시에 쏘인 사람들은 주저앉거나 한 발로 서서 이 늠름한 이발사를 바라보았다. 남자, 여자, 어린아이 할 것 없이 모두들 외쳐댔다.

"자파토! 자파토!"

수요의 필요가 조작된 것이었다. 수요가 이에 뒤따랐다. 그날 헴스테터 씨는 300켤레의 구두를 팔았다.

"장사가 이럴 수가 있는 것인지 정말 놀랍네."

재고품을 꺼내는 일을 도우러 저녁에 찾아간 존에게 그는 이렇게 말했다.

"어저껜 세 켤레를 팔았을 뿐인데."

"일단 발동만 걸리면 야단법석들이라고 말씀드린 적이 있지요."

영사가 말했다.

"구두를 열두 상자쯤 더 주문할까 하는데."

헴스테터 씨가 안경 너머로 눈을 번뜩이면서 말했다.

"아직은 그러지 않는 편이 나을 것 같은데요."

존이 충고했다.

"어떻게 되어갈지 좀 기다려보는 게 좋을 것 같습니다."

매일 밤 존과 케오는 낮이면 큰 돈을 안겨주는 작은 작물을 재배했다. 열흘이 지나자 구두는 전 재고의 3분의 2가 팔렸고 도꼬마리는 모두 탕진되었다. 존은 핑크 도슨에게 전보를 쳐 지난번과 같은 시세로 도꼬마리 230킬로그램을 또 주문했다. 헴스테터 씨는 북미 회사에 보낼 구두 주문서를 조심스럽게 작성했다. 발주 가격은 1,500달러나 됐다. 존은 이 주문서가 다 될 때까지 점포 부근을 배회하다가 주문서가 우체국에 이르기 전에 중간에서 찢어버리는 데 성공했다.

그날 밤 존은 구드윈 씨의 집 현관 옆 망고나무 아래로 로진을 데리고 가서 모든 것을 고백했다. 그녀는 존의 눈을 빤히 들여다보면서 이렇게 말했다.

"매우 나쁜 사람이군요. 아버지하고 전 본국으로 돌아갈래요. 당신은 그걸 농담이라고 했지만 제 생각에는 매우 중대한 문제예요."

그러나 반시간에 걸친 논쟁이 끝나자, 대화는 아주 다른 방향으로 바뀌었다. 두 사람은 결혼한 다음 함께 살, 데일스버그시에 있으며 식민지 시대부터 내려오는 애트웃가의 낡은 저택을 하늘색 벽지로 장식할까 분홍색 벽지로 장식할까를 이야기하고 있었다.

다음날 아침 존은 헴스테터 씨에게 사실을 털어놓았다. 이 구두 상인은 안경 너머로 존을 넘겨다보면서 이렇게 말했다.

"자넨 유례없는 고약한 불한당일세. 만약 자네가 훌륭한 사업가적 판단력을 가지고 내 사업을 관리해주지 않았더라면 상품 전부가 완전한 손실이 될 뻔했군. 그래 자네 요량으로는 나머지 물품을 어찌하면 좋겠는가?"

두 번째 도꼬마리 짐이 도착하자 존은 이 가시풀과 재고품 구두를 모두 스쿠너 돛배에 싣고 해안을 따라 항해하여 알라잔으로 갔다.

그곳에서도 그는 똑같이 어둡고 악마 같은 수법으로 대성공을 거두었다. 돈을 한 짐 지고 돌아올 때는 구두라곤 끈 하나도 남아 있지 않았다.

그런 다음 존은 별과 줄무늬가 그려진 옷에 염소 수염을 나부끼는 큰 아저씨*에게 사표를 받아달라고 간청했다. 이젠 연(蓮)이 더 이상 그를 유혹하지 않는 것이다. 데일스버그의 시금치와 냉이가 그리워진 것이다.

윌리엄 테렌스 케오가 잠정적인 대리 영사로 직무를 수행하도록 하자는 제안이 수락되자 존은 헴스테터 씨 일가와 함께 고향으로 떠났다.

존이 떠난 지 3일 후에, 작은 스쿠너 두 척이 코랄리오 앞바다에 나타났다. 얼마 후 그중 한 배가 보트 한 척을 띄웠으며 곧 이어 햇볕에 얼굴이 검게 탄 젊은 남자가 해안에 상륙했다. 이 젊은 남자는 계산에 밝고 영리한 눈으로 눈앞에 펼쳐진 낯선 풍경을 놀라움에 가득 차서 바라보았다. 해안에서 만난 어떤 사람이 그에게 영사관을 가르쳐주자 그는 영사관 쪽을 향하여 초조한 걸음을 떼어놓았다.

케오는 영사 의자에 앉아 다리를 쭉 뻗고 공용 메모지에 샘 아저

---

* 미국 정부를 상징하는 모습.

씨*의 머리를 그리고 있었다. 방문객이 들어서자 그는 고개를 들었다.

"존 애트웃 씨는 어디 계십니까?"

햇볕에 그을린 젊은 남자가 사무적인 어조로 물었다.

"갔어요."

케오는 샘 아저씨의 넥타이를 조심스럽게 그리며 말했다.

"그 친구다운 일이군."

밤 빛깔처럼 짙은 갈색 얼굴을 한 방문객이 테이블에 기대면서 말했다.

"열심히 일할 생각은 않고 나돌아다니면서 놀기나 좋아하는 놈이었으니까. 그래 곧 돌아옵니까?"

"그럴 것 같지 않군요."

잠시 동안 궁리한 끝에 케오는 이렇게 대답했다.

"틀림없이 무슨 바보짓을 하러 나갔겠군."

방문객은 제멋대로 짐작하며 말했다. 그의 목소리는 은근한 확신에 가득 차 있었다.

"존은 어떤 일에도 꾸준히 집착하지 못하지요. 그처럼 일을 돌볼 줄 모르는 친구가 사업은 어떻게 꾸려가는 건지 알 수 없군요."

"내가 존의 일을 맡아서 하고 있소."

임시 영사는 결국 이렇게 말했다.

"그래요? 그렇다면, 이봐요! 공장은 어디 있소?"

---

* 미국을 나타내는 별이 그려진 모자를 쓴 모습의 신사.

"공장이라니요?"

케오는 이렇게 반문하면서 점잖게 가벼운 호기심을 드러냈다.

"도꼬마리 가시풀을 원료로 쓰는 공장 말이오. 도대체 그 풀을 가져다가 어디에 쓰는 건지? 어쨌든 오늘 들어온 두 척의 배 바닥에 이 가시풀을 가득 싣고 왔소이다. 이번에는 가격을 좀 싸게 해드리죠. 데일스버그에서 남자, 여자, 어린아이 할 것 없이 바쁘지 않은 사람은 모두 동원하여 가시풀을 한 달 동안 따게 해서 배를 세내어 싣고 왔소. 모두들 나보고 미쳤다고 했죠. 조건은 착하 인도(着荷引導)로 하여 킬로그램당 30센트에 드리겠소. 더 필요하다면 주문대로 얼마든지 가져올 수 있소. 존이 본국을 떠나면서 이곳에 돈 벌 일이 있으면 날 끌어들이겠다고 했습니다. 배를 들여와 짐을 풀어도 되겠소?"

거의 믿을 수 없을 정도의 극히 기쁜 표정이 케오의 불그레한 얼굴에 떠올랐다. 그는 손에 든 연필을 떨구었다. 그는 이 햇볕에 그을은 젊은이에게 눈을 돌렸다. 그의 황홀한 기쁨이 환상이 아닐까 하는 두려움과 통쾌한 표정이 뒤섞이고 있었다.

"그렇다면 말입니다."

케오가 진지하게 말했다.

"당신이 딩크 포슨입니까?"

"제 이름은 핑크 도슨입니다."

도꼬마리 전매상인이 말했다.

케오는 황홀한 듯 의자에서 미끄러져 내려가 그가 좋아하는 맨바닥에 주저앉았다.

그날 찌는 듯이 더운 오후에 코랄리오에서 들리는 소리는 별로 많지 않았다. 그 소리 중에 언급해둘 만한 것으로는 땅바닥에 엎드린 아일랜드계 미국인이 황홀경에 빠져 터뜨리는 웃음소리가 있었다. 햇볕에 탄 젊은 사람은 놀라움과 궁금증에 가득 차서 영리한 눈을 들어 이 웃음에 빠져 있는 사람을 바라보고 있었다. 바깥 거리에서는 구두를 신은 주민들의 발걸음이 뚜벅뚜벅 소리를 내고 있었다. 그리고 또 이 스페인 바다의 역사적인 해안에서는 외로운 파도 소리가 들려오고 있었다.

뉴욕 사람의 탄생

　무엇보다도 래글스는 시인이었다. 그를 가리켜 사람들은 떠돌이라 했지만 그것은 그가 철학자요, 예술가요, 여행가요, 박물학자요, 발견가임을 간단하게 말하는 방식이었을 뿐이다. 어쨌든 그는 무엇보다도 시인이었다. 평생을 두고 단 한 줄의 시도 쓰지 않았지만 그는 시를 생활화했다. 그의 방랑을 《오디세이아》와 같은 시로 옮겨 놓는다면 한 편의 뜻 없는 우스개에 불과할 것이다. 그러나 거듭 말하거니와 래글스는 분명한 시인이었다.
　래글스가 잉크와 종이를 놓고 씨름하지 않을 수 없었다면, 그는 도시에 관해 노래하는 소네트를 전문으로 썼을 것이다. 여성들이 거울에 비친 자기 모습에 골몰하듯이, 어린아이들이 망가진 인형을 놓고 그 속의 톱밥과 아교풀에 골몰하듯이, 야생 짐승에 관한 글을 쓰는 사람이 동물원의 우리에 골몰하듯이, 그는 도시에 골몰했다. 래글스에게 도시는 벽돌과 회반죽으로 만들어진 건물과 그곳에 거주하는 사람일 뿐만 아니라 자기 특유의 영혼을 가진 대상이자 그 나름으로 고유한 본성과 맛을 지닌 생명을 가진 개체였다. 동서남북 3천여 킬로미터를 시적 정열로 방랑하면서 래글스는 많은 도시를 가슴에 품었다. 세월이야 어떻게 흐르든 아랑곳없이 먼지 자욱한 길을 터벅터벅 걷기도 하고 위풍당당하게 화물차로 달리기도 했다. 한 도시의 가슴을 헤집고 그 비밀스런 고백을 듣고 나서는 정처없이 또 다른 도시로 흘러들어갔다. 오, 천변만화의 래글스여! 아마도 그의 예리한 환상을 휘어잡아 활용해줄 법인체는 없었던가 보다.

옛 시인들은 도시를 여성이라고 생각했다. 이 점은 시인 래글스도 마찬가지였다. 그가 애정을 구했던 모든 도시를 특징짓는 모습은 그의 마음속에 뚜렷하면서도 구체적으로 살아 있었다.

시카고는 화려한 옷차림에 향수로 단장한 파팅톤 부인에 대한 상쾌한 연상으로 그를 압도했다. 그곳은 또한 밝은 앞날에 대한 날아갈 듯이 아름다운 노래로 그의 평온을 혼란시키기도 했다. 그러나 래글스는 추위에 부들부들 떨면서 잠에서 깨어나 이상과 꿈의 집요한 인상이 감자 샐러드와 생선 접시 언저리에서 아른아른하다가 사라지는 것을 깨달았다.

시카고의 인상은 이러했다. 아마 표현이 애매하고 부적합한 곳도 있을 것이다. 그렇다면 그건 래글스의 잘못이다. 그가 시카고의 소감을 시로 써서 기록해두었더라면 좋았을 것이다.

피츠버그를 떠올리면 독스타더 연예단이 역 앞 광장에서 러시아

말로 공연한 〈오셀로〉가 인상에 남았다. 피츠버그는 우아하고 관대한 귀부인이었다. 비단 옷에 하얀 염소 가죽 슬리퍼를 신고 접시를 닦으면서 래글스가 요란하게 타오르는 벽난로 앞에 앉아 돼지 발목에 튀긴 감자를 곁들여 샴페인을 마시도록 해준 상기한 얼굴의 여성, 따뜻하고 마음 놓이는 여성이었다.

뉴올리언스는 발코니에서 그를 그저 내려다볼 뿐이었다. 별처럼 반짝이는 이 여인의 눈과 살랑살랑 흔드는 부채의 움직임 외에는 아무것도 볼 수 없었다. 오직 한 번 그는 이 여인과 얼굴을 마주할 수 있었다. 어느 날 새벽녘에 그녀가 붉은 벽돌이 깔린 인도에 양동이의 물을 쏟아부을 때였다. 그녀는 웃으면서 샹송 가락을 흥얼거렸지만, 래글스의 구두에는 얼음처럼 차가운 물이 가득했다. 잘 있거라, 뉴올리언스여!

보스턴은 시인 래글스에게 해괴하고 기묘한 도시로 비쳤다. 그곳은 차가운 헝겊이 되어 식은 차를 마신 그의 이마를 꼭 묶고 무언가 막막하고 엄청난 정신적 노력을 쏟도록 충동질하는 것 같았다. 어쨌든 그는 결국 먹고 살기 위하여 거리의 눈을 치우는 일을 했고, 이마에 두른 헝겊 조각은 젖어서 머리를 옥죄었기 때문에 벗을 수 없었다.

이게 웬 알아들을 수 없는 말이냐 할 것이다. 그러나 여러분들은 이것이 시인의 환상이라고 생각하고 불만을 버리고 감사한 마음을 가져야 한다. 이런 이야기를 시로 읽고 있다고 상상해보라!

어느 날 래글스는 맨해튼으로 가서 이 거대한 도시의 가슴을 덮쳤다. 맨해튼은 정말 굉장했다. 래글스는 이 여인의 곡조를 오선지에 옮기고 싶었다. 이 여인을 맛보고, 평가하고, 분류하고, 해설하고 이름을 붙여주고 싶었다. 이 여인의 개성을 찾아내고 싶었다. 이제 우리는 래글스를 번역하는 것은 그만두고 그의 연대기를 쓰기로 하자.

어느 날 아침 래글스는 나룻배를 타고 맨해튼에 상륙하여 허탈한 세계주의자의 표정을 짓고 도시 한복판까지 걸어 들어갔다. 그는 '누군지 모를 사람'의 역할에 알맞도록 조심스럽게 옷을 차려입고 있었다. 그는 어떤 나라나 인종, 계급, 모임, 조합, 정당, 협회와도 관련이 있을 것 같지 않았다. 키는 다르지만 가슴 둘레가 똑같은 여러 시민들에게서 하나씩 하나씩 선사받은 그의 옷은, 유명한 재단사가 가방과 멜빵, 비단 손수건, 진주 커프스 단추 등과 함께 열차편으로 보내주는 맞춤복보다 훨씬 더 그에게 잘 어울렸다. 은하계의 무수한 별 중에서 새로운 별을 찾는, 어쩌면 잠자리를 찾는 천문가의 정열을 가지고 래글스는 이 거대한 도시를 속속들이 헤맸다. 돈 한 푼 없이. 시인은 돈이 없어야 하니까.

늦은 오후, 소란과 혼잡의 와중에서 헤어나온 그의 얼굴에는 공포에 질린 듯한 표정이 역력했다. 다른 도시는 이렇지 않았다. 다른 도시는 큰 활자로 된 책을 읽는 것 같기도 했고, 시골 처녀의 속마음을 빨리 헤아리는 것 같기도 했고, '구독료를 함께 보내주시오'란 말이 적힌 수수께끼를 푸는 것 같기도 했고, 접시에 담긴 굴을 삼키는 것 같기도 했다. 그러나 이곳 맨해튼은 달랐다. 이곳은 차갑고, 번쩍거리고, 말이 없는 도시였다. 길가에 서서 주머니 속의 월급 봉투를 힘없이 만지작거리는 연인에게 진열장 안의 3캐럿 다이아몬드가 그러하듯이 이 도시는 불가능의 도시였다.

다른 도시의 인사는 그렇지 않았다. 소탈한 친절, 거칠지만 실은 인간적인 적선, 정겨운 욕설, 수다스러움, 호기심, 쉽사리 어림할 수 없는 무관심, 또 그 우직함. 다른 도시는 그를 이렇게 맞이했다. 이 맨해튼이란 도시는 도무지 종잡을 수가 없다. 그가 범접 못 하도록 담을 쌓은 것이다. 건널 수 없는 강인 양 도시는 그를 거들떠보지도 않고 거리로 거리로 흘렀다. 그를 쳐다보는 눈초리 하나 없었다. 그는 마음속으로 어깨를 두드려주던 피츠버그의 숯검댕 묻은 손과 귀가 멍할 정도로 외쳐대는 시카고의 위협적이면서도 사교적인 외침 소리와 외눈 안경 너머로 뚫어지게 바라보던 보스턴의 창백하나 자비로운 눈초리, 심지어 성미는 급하지만 악의는 없는 루이스빌이나 세인트루이스의 발길질까지 그리웠다.

여러 도시의 성공적인 구혼자 래글스는 브로드웨이가에서 시골뜨기처럼 쭈뼛쭈뼛했다. 난생 처음으로 그는 무시당하는 모멸감을 통렬하게 맛보았다. 이 휘황찬란하고, 변화무쌍하고, 얼음처럼 찬 도시의 정체가 무엇인지 아무래도 짐작이 가지 않았다. 래글스는 시인이었지만, 맨해튼은 아무런 색상도, 견주어볼 기준도, 움켜쥐고 그 모양과 구조를 뜯어볼 손잡이도 허용하지 않았다. 다른 도시에서는 이런 일을 아주 쉽게 해낼 수 있었는데 말이다. 이곳 주택들은 방어용 총구까지 마련된 끝없는 성벽이었고 주민들은 거리에 떼지어 지나가는 음험하고, 이기적이고, 잔인한 유령에 지나지 않았다.

래글스의 영혼을 무지막지하게 짓누르고 그의 시인적 환상의 숨

통을 틀어막는 것은, 장난감이 물감에 푹 젖어 있듯이 사람들의 영혼이 깊숙이 젖어 있는 절대적 이기주의 정신이었다. 사람들은 모두 혐오스럽고, 오만불손하고, 자만심에 들뜬 괴물 같았다. 그들에게서는 이미 인간성이 사라졌다. 그들은 돌멩이에 니스칠을 한, 걸음걸이마저 서투른 우상들이었다. 그들은 자기 자신을 숭배하고, 자기들 동료 우상에게서의 존경에만 의식적으로 무의식적으로 연연해했다. 그들의 영혼과 감각은 육중한 대리석 속에 일깨워주는 손길도 없이 잠들어 있다. 얼어붙어 있고, 잔인하고, 달랠 수 없고, 침투할 수 없는 모습으로 빚어진 이네들은 어떤 기적으로 움직이게 된 입상처럼 서둘러 제 갈 길만 간다.

  점차로 래글스는 몇 가지 유형을 의식하게 되었다. 그중 한 부류는 눈처럼 하얀 짧은 수염을 달고, 불그레한 얼굴에 주름살 하나 없으며, 돌멩이처럼 강인한 푸른 눈을 가진 초로의 신사로, 그는 이 도시의 부와 성숙함과 냉랭한 무관심의 화신 같았다. 또 한 부류는 키가 크고, 아름답고, 금속각(刻)처럼 선명하고, 여신 같고, 말없고, 옷차림이 옛날 공주 같은 여자로 빙하에 반사된 햇빛처럼 차갑고 푸른 눈을 가지고 있었다. 또 한 가지 유형은 이 꼭두각시 도시의 부산물로 턱은 추수가 끝난 밀밭만 하고, 얼굴색은 세례를 받은 어린아이 같고, 손 마디는 일급 권투선수 같은 사람인데, 큰 몸집에 으스대는 걸음걸이와 엄숙한 얼굴에 침착한 표정은 가히 위협적이었다. 이 유형의 인물은 담배 가게 간판에 몸을 기대어 서서 오만불손하고 차디찬 눈으로 세상을 바라본다.

  시인이란 민감한 생물이다. 래글스는 이내 이 불가해한 환경의

황량한 품속에서 부들부들 떨었다. 춥고, 어처구니없고, 판독할 수 없고, 부자연스럽고, 무자비한 도시 표정에 기가 죽고 당혹했다. 이 도시는 가슴이 없는 것인가? 이곳의 한랭한 무감각보다는 거칠고 야하고 드센 다른 도시의 발길질, 체포, 될 대로 되어가던 팔자가 훨씬 나았다. 뒷문을 열고 욕지거리를 퍼붓는 가정 주부의 찌푸린 얼굴, 그 곁의 위협적인 장작더미, 무료 급식소에서 일하는 처녀의 친절한 심술, 시골 경찰관의 상냥한 학대가 몇 배 좋았다.

래글스는 용기를 내어 사람들에게 동정을 구했다. 그들은 래글스의 존재를 인정해주는 표시로 눈 한 번 깜빡거리지 않고 무관심하고 태연하게 지나갔다. 그러자 그는 이 아름답지만 몰인정스런 맨해튼이란 도시는 영혼이 없다고 혼잣말로 중얼거렸다. 이곳 주민들은 철사줄과 스프링으로 움직이는 꼭두각시이고 자신은 홀로 어느 광막한 황야에 와 있는 것이라고 생각했다.

래글스는 거리를 건너가기 시작했다. 이때 강한 바람이 불고, 천둥 소리가 들리고, 쉭 하는 소리가 나더니, 쾅 하고 무엇인가가 그를 후려쳐서 5미터 이상을 날아가 나둥그러지게 했다. 그가 로켓처럼 땅으로 떨어질 때 이 세상과 이 세상의 모든 도시는 산산이 부서진 꿈의 파편으로 바뀌어 있었다.

래글스는 눈을 떴다. 제일 먼저 어떤 향기가 코에 와닿았다. 천국에서 가장 이른 봄에 피는 꽃의 향기일까? 그러자 떨어지는 꽃잎처럼 부드러운 손이 이마를 짚었다. 옛날 공주님 같은 옷차림을 한 여자가 인간적인 동정심에 가득 찬 부드럽고 촉촉한 푸른 눈으로 바라보고 있었다. 머리 아래 포장도로에는 비단과 털가죽이 깔려 있었다. 래글스의 모자를 손에 들고, 무모한 운전을 나무라는 폭포 같은 연설로 얼굴이 더욱 붉어지고 있는 사람은 도시의 부와 성숙의 화신인 초로의 신사였다. 근처의 카페에서 널찍한 턱에 어린아이 혈색을 한 '부산물'이 즐거운 가능성을 암시하는 진홍색 액체를 한 잔 가득 들고 뛰어왔다.

"여보게, 이것 좀 마셔보게."

부산물이 래글스의 입술에 글라스를 갖다대면서 말했다.

순식간에 사람들이 구름같이 몰려들었다. 모두들 얼굴에 깊은 관심을 감추지 못했다. 화려한 옷을 입은 경찰관 두 사람이 사람들 틈을 비집고 들어와서는, 남아 넘치는 이들 착한 사마리아인들을 밀어냈다. 검정 목도리를 두른 늙은 부인 하나가 장뇌(樟腦)를 써보라고 큰 소리로 떠들었다. 신문팔이 소년은 신문 한 장을 꺼내어 도로에 늘어진 래글스의 팔꿈치 밑에 깔아주었다. 활발한 청년 한 사람이 공책을 들고 그의 이름을 물었다.

종소리가 무게 있게 쨍그렁 울리더니, 구경꾼들을 헤집어 길을 내면서 앰뷸런스가 나타났다. 침착한 외과의사가 끼어들었다.

"이봐요, 좀 어때요?"

능숙하게 일을 시작하면서 의사가 물었다. 비단과 공단을 두른 공주님이 향기 나는 얇은 천으로 래글스의 이마에서 한두 방울의 피를 닦아냈다.

"나요?"

래글스가 말했다. 얼굴에 천사 같은 미소가 떠올랐다.

"좋습니다."

비로소 이 새로운 도시의 마음을 찾아낸 것이다.

3일이 지나자, 의사가 회복실로 가도 좋다고 했다. 그가 회복실로 들어간 지 한 시간쯤 되었을 때, 간호사는 다투는 소리를 들었다. 알아보니 래글스가 먼저 동료 환자를 때려서 다치게 했다는 것이다. 그는 화물 열차 충돌 사고로 경상을 입고 붕대를 감으러 온 생김새가 험상궂은 단기 환자였다.

"왜들 그랬어요?"

수간호사가 물어보았다.

"저 놈이 나의 정든 도시를 깎아내리고 있었단 말이오."

래글스가 말했다.

"도시라니요?"

간호사가 물었다.

"우리 뉴욕 말이오."

래글스의 대답이었다.

작품 해설

전기 작가 로버트 데이비스는 "우울할 때면 나는 오 헨리의 작품을 읽는다"고 말했지만, 많은 사람들은 우울할 때뿐만 아니라 즐거울 때도 항상 그의 작품을 찾는다. 왜냐하면 그의 작품에 등장하는 인물들은 대부분 넘치는 지혜와 유머 그리고 따뜻한 인정을 갖고 있어서 마치 실내악을 들을 때처럼 안온함을 느낄 수 있기 때문이다.

오 헨리라는 필명으로 널리 알려진 윌리엄 시드니 포터는 1862년 9월 11일 노스캐롤라이나주의 소도시 그린즈버러에서 의사의 아들로 태어났다. 그는 부모를 일찍 여의고, 숙모 밑에서 사숙에 다니며 15세까지 교육을 받은 후 약방에서 일하다가 텍사스주로 이주한다. 결혼 후 오스틴 퍼스트 내셔널 은행에서 근무하면서 자리를 잡게 되자 그는 《롤링 스톤》이라는 주간지를 창간하고, 〈휴스턴〉 신문에 매주 익살스러운 일화를 발표하며 문필 생활을 시작한다. 그러던 중에 은행에 근무할 때 일어난 경리 부정 사고로 기소되자 뉴올리언스를 통해 남미로 피신한다. 그러나 아내가 병으로 위독하게 되자 다시 오스틴으로 돌아왔으나 결국 그녀는 사망하고 만다.

그는 오스틴에서 체포되어 유죄 판결을 받고, 3년 3개월간 오하이오주 중앙 형무소에서 복역하는 동안 단편을 쓰기 시작했다. 출옥 후 1902년부터 뉴욕에 살면서 본격적인 문학 생활을 시작했는데 재치 있는 그의 소설은 대단한 인기를 불러일으켰다. 그는 라틴 아메리카를 배경으로 한 단편집《양배추와 왕》을 1904년에 출간했으며 그 후로 1906년에《400만》, 1910년에《회전목마》등 수많은 단편집을 출간했다. 10여 년간 300편이 넘는 단편을 써내며 활발한 작품 활동을 펼친 그는 1910년 6월 5일 48세를 일기로 뉴욕에서 간경화증으로 사망했다.

오 헨리의 작품 테마는 한마디로 '우의(友誼)가 넘치는 이해성'이라고 할 수 있다.

그는 미국의 여러 지역과 중남미를 작품의 배경으로 삼고 있으나, 대부분 뉴욕의 가난하고 불쌍한 하층민을 작품의 주인공으로 내세웠다. 그러나 그는 오만함 없이 따뜻한 마음으로, 편협함 없이 너그러운 마음으로, 모든 사람을 한 가족의 일원으로 감싸주고 있다. 그의 주인공들은 진실하며 순박하고, 위트와 유머가 있고, 지혜와 너그러움을 갖고 있다.

자기의 인생을 마지막 한 잎에 걸고 있는 존시, 남편에게 크리스마스 선물을 하기 위해 자기 머리를 자르는 델라, 친구와의 20년 전 약속을 지키기 위해 찾아오는 밥, 친구를 위로하는 낸시, 애인을 그리며 눈물을 흘리는 사라, 한겨울을 지내기 위해 형무소를 찾는 소피, 은행 강도를 그만두는 스펜서…… 이들은 모두가 선한 한 가족들이다.

구성 면에서 살펴보면, 단편 소설은 중·장편 소설과는 달리 결말 부분에 가서 뜻밖의 결론을 맺게 마련이지만, 오 헨리는 특히 이 점에 아주 능숙하여 전혀 예기하지 못한 결말을 가져와 독자들이 회심의 미소를 짓게도 하고, 눈물을 흘리게도 하고, 쓴웃음을 웃게도 한다.

그는 또한 풍부한 어휘를 활용하고 능숙한 문장력을 구사하여 단편 작가로서의 뛰어난 솜씨를 과시하고 있다.

그의 작품에는 깊은 철학적 안목이 없으며 표현 방법이 고루하다고 많은 독자들이 아쉬워하기도 하지만, 미국이 낳은 가장 뛰어난 단편 작가로서 세계 문학에 끼친 오 헨리의 영향에는 부언이 필요하지 않다.

옮긴이

오 헨리 연보

1862년 미국 노스캐롤라이나주 그린즈버러에서 의사의 아들로 태어났다. 본명은 윌리엄 시드니 포터.
1865년 어머니 사망 후 숙모가 운영하는 사숙에서 교육받았다.
1876년 삼촌의 약국에서 일하며 약사 자격증을 취득했다.
1881년 텍사스주 오스틴으로 이주해 여러 일을 전전하며 생계를 유지했다.
1887년 결혼하여 딸을 낳았지만 일찍 사망했다. 이후 또 다른 딸을 낳았다.
1889년 은행에서 일하기 시작했다. 이때의 일로 오 헨리는 훗날 공금 횡령죄로 고발당한다.
1894년 주간지《롤링 스톤》을 창간했다. 발행 부진으로 곧 폐간되었으나 많은 풍자와 삽화를 직접 그리는 등 열정을 쏟았다.

1895년 〈휴스턴〉 신문에 매주 익살스러운 일화를 발표하며 문필 생활을 시작했다.

1896년 공금 횡령으로 기소되어 체포 영장이 발부되자 도피 생활을 시작했다. 도피 중 남미에서 아내가 위독하다는 소식에 귀국했다.

1897년 귀국 후 체포당했다. 아내가 사망했다.

1902년 오 헨리라는 필명으로 수감 생활 중 단편을 쓰다가 출소 후 뉴욕으로 이주하여 본격적인 작가 생활을 시작했다. 이후 10년이 채 안 되는 작가 생활 기간 중 단편 300여 편을 발표하는 등 집필에 매진했다. 그러나 1908년부터 알코올 중독으로 건강이 악화되어 점차 필력이 떨어졌고, 경제적 어려움을 겪기 시작했다.

1910년 간경화 등으로 뉴욕에서 사망했다.

1918년 오 헨리를 기리는 문학상이 제정되었다. 이 상은 지금까지도 명맥을 유지하고 있다.

옮긴이 **이성호**

서울대학교 영문학과와 동대학원을 졸업하고 피츠버그대학교에서 문학박사 학위를 받았다. 서울대학교, 고려대학교 강사를 거쳐 한양대학교 영문과 교수를 지냈다. 주요 번역서에 존 스타인벡의 《진주》, E. M. 포스터의 《소설의 이해》, 월터 페이터의 《페이터의 산문》, 임어당의 《생활의 발견》 등이 있다.

오 헨리 단편선

1판 1쇄 발행 1977년 4월 25일
6판 1쇄 발행 2025년 7월 18일

지은이 오 헨리 | 옮긴이 이성호
펴낸곳 (주)문예출판사 | 펴낸이 전준배
출판등록 2004. 02. 11. 제 2013-000357호 (1966. 12. 2. 제 1-134호)
주소 04001 서울시 마포구 월드컵북로 21
전화 02-393-5681 | 팩스 02-393-5685
홈페이지 www.moonye.com | 블로그 blog.naver.com/imoonye
페이스북 www.facebook.com/moonyepublishing | 이메일 info@moonye.com

ISBN 978-89-310-2541-5 04800
ISBN 978-89-310-2365-7 (세트)

• 잘못 만든 책은 구입하신 서점에서 바꿔드립니다.

문예출판사® 상표등록 제 40-0833187호, 제 41-0200044호

문예세계문학선

★ 서울대, 연세대, 고려대 필독 권장 도서 ▲ 미국대학위원회 추천 도서
● 《타임》 선정 현대 100대 영문 소설 ▽ 《뉴스위크》 선정 세계 100대 명저

1 젊은 베르테르의 슬픔 괴테 / 송영택 옮김	34 지상의 양식 앙드레 지드 / 김붕구 옮김
▲▽ 2 멋진 신세계 올더스 헉슬리 / 이덕형 옮김	35 체호프 단편선 안톤 체호프 / 김학수 옮김
▲●▽ 3 호밀밭의 파수꾼 J. D. 샐린저 / 이덕형 옮김	36 인간 실격 다자이 오사무 / 오유리 옮김
4 데미안 헤르만 헤세 / 구기성 옮김	37 위기의 여자 시몬 드 보부아르 / 손장순 옮김
5 생의 한가운데 루이제 린저 / 전혜린 옮김	●▽ 38 댈러웨이 부인 버지니아 울프 / 나영균 옮김
6 대지 펄 S. 벅 / 안정효 옮김	39 인간 희극 윌리엄 사로얀 / 안정효 옮김
●▽ 7 1984 조지 오웰 / 김승욱 옮김	40 오 헨리 단편선 오 헨리 / 이성호 옮김
▲●▽ 8 위대한 개츠비 F. 스콧 피츠제럴드 / 송무 옮김	★ 41 말테의 수기 R. M. 릴케 / 박환덕 옮김
▲●▽ 9 파리대왕 윌리엄 골딩 / 이덕형 옮김	42 파비안 에리히 케스트너 / 전혜린 옮김
10 삼십세 잉게보르크 바흐만 / 차경아 옮김	★▲▽ 43 햄릿 윌리엄 셰익스피어 / 여석기 옮김
★▲ 11 오이디푸스왕·안티고네	44 바라바 페르 라게르크비스트 / 한영환 옮김
소포클레스·아이스킬로스 / 천병희 옮김	45 토니오 크뢰거 토마스 만 / 강두식 옮김
★▲ 12 주홍글씨 너새니얼 호손 / 조승국 옮김	46 첫사랑 이반 투르게네프 / 김학수 옮김
▲●▽ 13 동물농장 조지 오웰 / 김승욱 옮김	47 제3의 사나이 그레이엄 그린 / 안흥규 옮김
★ 14 마음 나쓰메 소세키 / 오유리 옮김	★▲▽ 48 어둠의 심장 조지프 콘래드 / 이덕형 옮김
★ 15 아Q정전·광인일기 루쉰 / 정석원 옮김	49 싯다르타 헤르만 헤세 / 차경아 옮김
16 개선문 레마르크 / 송영택 옮김	50 모파상 단편선 기 드 모파상 / 김동현·김사행 옮김
★ 17 구토 장 폴 사르트르 / 방곤 옮김	51 찰스 램 수필선 찰스 램 / 김기철 옮김
18 노인과 바다 어니스트 헤밍웨이 / 이경식 옮김	★▲▽ 52 보바리 부인 귀스타브 플로베르 / 민희식 옮김
19 좁은 문 앙드레 지드 / 오현우 옮김	53 페터 카멘친트 헤르만 헤세 / 박종서 옮김
★▲ 20 변신·시골 의사 프란츠 카프카 / 이덕형 옮김	★ 54 몽테뉴 수상록 몽테뉴 / 손우성 옮김
★▲ 21 이방인 알베르 카뮈 / 이휘영 옮김	55 알퐁스 도데 단편선 알퐁스 도데 / 김사행 옮김
22 지하생활자의 수기 도스토옙스키 / 이동현 옮김	56 베이컨 수필집 프랜시스 베이컨 / 김길중 옮김
★ 23 설국 가와바타 야스나리 / 장경룡 옮김	★▲ 57 인형의 집 헨리크 입센 / 안동민 옮김
★▲ 24 이반 데니소비치의 하루	★ 58 소송 프란츠 카프카 / 김현성 옮김
알렉산드르 솔제니친 / 이동현 옮김	★▲ 59 테스 토마스 하디 / 이종구 옮김
25 더블린 사람들 제임스 조이스 / 김병철 옮김	★▽ 60 리어왕 윌리엄 셰익스피어 / 이종구 옮김
★ 26 여자의 일생 기 드 모파상 / 신인영 옮김	61 라쇼몽 아쿠타가와 류노스케 / 김영식 옮김
27 달과 6펜스 서머싯 몸 / 안흥규 옮김	▲▽ 62 프랑켄슈타인 메리 셸리 / 임종기 옮김
28 지옥 앙리 바르뷔스 / 오현우 옮김	▲●▽ 63 등대로 버지니아 울프 / 이숙자 옮김
★▲ 29 젊은 예술가의 초상 제임스 조이스 / 여석기 옮김	64 명상록 마르쿠스 아우렐리우스 / 이덕형 옮김
▲ 30 검은 고양이 애드거 앨런 포 / 김기철 옮김	65 가든 파티 캐서린 맨스필드 / 이덕형 옮김
★ 31 도련님 나쓰메 소세키 / 오유리 옮김	66 투명인간 H. G. 웰스 / 임종기 옮김
32 우리 시대의 아이 외된 폰 호르바트 / 조경자 옮김	67 게르트루트 헤르만 헤세 / 송영택 옮김
33 잃어버린 지평선 제임스 힐턴 / 이경식 옮김	68 피가로의 결혼 보마르셰 / 민희식 옮김

(뒷면 계속)

- ★ 69 팡세 블레즈 파스칼 / 하동훈 옮김
- 70 한국단편소설선 김동인 외 / 오양호 엮음
- 71 지킬 박사와 하이드 로버트 L. 스티븐슨 / 김세미 옮김
- ▲ 72 밤으로의 긴 여로 유진 오닐 / 박윤정 옮김
- ★▲▽ 73 허클베리 핀의 모험 마크 트웨인 / 이덕형 옮김
- 74 이선 프롬 이디스 워튼 / 손영미 옮김
- 75 크리스마스 캐럴 찰스 디킨스 / 김세미 옮김
- ★▲ 76 파우스트 요한 볼프강 폰 괴테 / 정경석 옮김
- ▲ 77 야성의 부름 잭 런던 / 임종기 옮김
- ★▲ 78 고도를 기다리며 사뮈엘 베케트 / 홍복유 옮김
- ★▲▽ 79 걸리버 여행기 조너선 스위프트 / 박용수 옮김
- 80 톰 소여의 모험 마크 트웨인 / 이덕형 옮김
- ★▲▽ 81 오만과 편견 제인 오스틴 / 박용수 옮김
- ★▽ 82 오셀로·템페스트 윌리엄 셰익스피어 / 오화섭 옮김
- ★ 83 맥베스 윌리엄 셰익스피어 / 이종구 옮김
- ▽ 84 순수의 시대 이디스 워튼 / 이미선 옮김
- ★ 85 차라투스트라는 이렇게 말했다 니체 / 황문수 옮김
- ★ 86 그리스 로마 신화 에디스 해밀턴 / 장왕록 옮김
- 87 모로 박사의 섬 H. G. 웰스 / 한동훈 옮김
- 88 유토피아 토머스 모어 / 김남우 옮김
- ★▲ 89 로빈슨 크루소 대니얼 디포 / 이덕형 옮김
- 90 자기만의 방 버지니아 울프 / 정윤조 옮김
- ▲ 91 월든 헨리 D. 소로 / 이덕형 옮김
- 92 나는 고양이로소이다 나쓰메 소세키 / 김영식 옮김
- ★ 93 폭풍의 언덕 에밀리 브론테 / 이덕형 옮김
- ★▲ 94 스완네 쪽으로 마르셀 프루스트 / 김인환 옮김
- ★ 95 이솝 우화 이솝 / 이덕형 옮김
- ★ 96 페스트 알베르 카뮈 / 이휘영 옮김
- ▲ 97 도리언 그레이의 초상 오스카 와일드 / 임종기 옮김
- 98 기러기 모리 오가이 / 김영식 옮김
- ★▲ 99 제인 에어 1 샬럿 브론테 / 이덕형 옮김
- ★▲ 100 제인 에어 2 샬럿 브론테 / 이덕형 옮김
- 101 방황 루쉰 / 정석원 옮김
- 102 타임머신 H. G. 웰스 / 임종기 옮김
- ● 103 보이지 않는 인간 1 랠프 엘리슨 / 송무 옮김
- ● 104 보이지 않는 인간 2 랠프 엘리슨 / 송무 옮김
- ▲ 105 훌륭한 군인 포드 매덕스 포드 / 손영미 옮김
- 106 수레바퀴 아래서 헤르만 헤세 / 송영택 옮김
- ▲ 107 죄와 벌 1 표도르 도스토옙스키 / 김학수 옮김
- ▲ 108 죄와 벌 2 표도르 도스토옙스키 / 김학수 옮김
- 109 밤의 노예 미셸 오스트 / 이재형 옮김
- 110 바다여 바다여 1 아이리스 머독 / 안정효 옮김
- 111 바다여 바다여 2 아이리스 머독 / 안정효 옮김
- 112 부활 1 레프 톨스토이 / 김학수 옮김
- 113 부활 2 레프 톨스토이 / 김학수 옮김
- ▲● 114 그들의 눈은 신을 보고 있었다 조라 닐 허스턴 / 이미선 옮김
- 115 약속 프리드리히 뒤렌마트 / 차경아 옮김
- 116 제니의 초상 로버트 네이선 / 이덕희 옮김
- 117 트로일러스와 크리세이드 제프리 초서 / 김영남 옮김
- 118 사람은 무엇으로 사는가 레프 톨스토이 / 이순영 옮김
- 119 전락 알베르 카뮈 / 이휘영 옮김
- 120 독일인의 사랑 막스 뮐러 / 차경아 옮김
- 121 릴케 단편선 R. M. 릴케 / 송영택 옮김
- 122 이반 일리치의 죽음 레프 톨스토이 / 이순영 옮김
- 123 판사와 형리 F. 뒤렌마트 / 차경아 옮김
- 124 보트 위의 세 남자 제롬 K. 제롬 / 김이선 옮김
- 125 자전거를 탄 세 남자 제롬 K. 제롬 / 김이선 옮김
- 126 사랑하는 하느님 이야기 R. M. 릴케 / 송영택 옮김
- 127 그리스인 조르바 니코스 카잔차키스 / 이재형 옮김
- 128 여자 없는 남자들 어니스트 헤밍웨이 / 이종인 옮김
- 129 사양 다자이 오사무 / 오유리 옮김
- 130 슌킨 이야기 다니자키 준이치로 / 김영식 옮김
- 131 실종자 프란츠 카프카 / 송경은 옮김
- 132 시지프 신화 알베르 카뮈 / 이가림 옮김
- 133 장미의 기적 장 주네 / 박형섭 옮김
- 134 진주 존 스타인벡 / 김승욱 옮김
- 135 황야의 이리 헤르만 헤세 / 장혜경 옮김
- 136 피난처 이디스 워튼 / 김욱동